U0060294

我咧唱歌

王秀容 著

林芸瑄 繪

Guá leh tshiùnn-kua

各篇附有聲朗讀 QR Code

予阮阿母　王周金女

目錄

自 序

　　我是平凡的女性，若欲講有啥物無平凡，就是我無予運命苔扁，閣我教英語毋過我足愛臺語。遮爾仔普通的無名小卒，人猶閣活咧，家己寫自傳？敢通？莫講你僥疑，連我家己嘛歹勢歹勢。毋過，寫作嘛，人生嘛，家己歡喜誠重要。

　　咱臺語若拄著無想欲聽人講話，會共譬相講「我聽你咧唱歌」。有影呢，我自言自語寫家己，自彈自唱說悲喜，可能是一寡足四常、恁無興趣的代誌。恁可能會閣較想欲唱講「我聽你咧放屁」。莫共我嚇啦！上無，會當用來學臺語字。

　　拄開始我有影對散食的過去不止仔傷悲，毋過寫到上尾篇，煞萬項感恩閣看甲有夠開，真正有療傷止疼佮快樂唱歌的感覺。若想著五十歲矣閣一擺好好，有影是雞屎運閣狗屎運，足感恩。

我用分享佮毋驚見笑的心情，招你來聽，招你來
看，聽我按怎共歹命變做猶算誠好命，看我按怎
共故事用臺語文寫。

　唱歌予人聽是足歡喜的代誌。我小學一年仔
的時，捌共厝邊的囡仔伴呼來阮兜門口埕，徛起
去頭前唱歌予個聽。嘿，閣真正有人共我拍噗仔。
小學五年的時，開始參加合唱團，彼陣當流行民
歌，我差不多逐條都會曉唱，定定予老師抑是同
學點起去唱予逐家聽，嘛是趁著足濟噗仔聲。到
高中才知家己真正袂穩，彼陣音樂老師足嚴，逐
家驚甲，誠濟同學攏叫我緊共個教，緊唱予個聽。
到大學因為日間部考無牢，感覺足鬱卒、足見笑，
想欲重新做人認真讀冊，就去覕踮合唱團，只要
開喙唱歌，心情就快活。所以，我欲共唱歌的歡
喜佮你分享，予恁較了解我，閣較向望逐家用唱
歌歡喜的心情，輕輕鬆鬆行入臺語文的世界。

　敢著遐工夫？對出世四個月寫到半老老，一

歲一篇，攏總 51 篇？因為我雖然平凡，毋過我
想欲佮人無仝。有的人自傳是欲寫偉大，會揀光
榮的紀錄來寫；我是欲寫平凡、寫心思，寫成長
的故事。對直的看，一歲一篇的悲喜，才寫會出
我是按怎來、按怎拍拚、按怎會有這馬。對橫的
看，嘛才寫會出對阿祖、阿公、阿媽、阿母、阿
爸、翁某、兄姊、親情佮囡仔編織的性命網佮線。

甲遐勢？逐項記會牢？我三歲的時，褪赤跤
去予玻璃柿仔鑿著才開始有記持，初擺的記持影
響我一世人求平安的價值觀佮個性細膩。所以，
三歲進前的記持是聽來、觀察來、鬥起來的。三
歲以後的記持是四十幾年的歲月篩選出來、家己
要意、囥佇心肝底足感恩抑是放袂開、予我成長
的。

五十歲矣記持愈來愈穤，毋過看過的冊、捌
過的人佮拄著的風湧，煞予性命愈來愈深刻，趁
家己猶會攑筆，頭殼猶算分明，緊用家己愛的臺

語共寫落來，較省別人錯誤的解說佮定義。嘛想
講趁閣活咧，欲完成自細漢就有的作家夢。

　　我第一擺投稿是佇阮國小校刊《瑞豐少年》
創刊號，第一篇寫啥已經袂記得矣，足成是〈我
的學校〉，隔冬我寫〈風鈴〉閣錄取，老師佇畢
業紀念冊送我的話語內底，講我有「璀璨的筆」，
叫我愛好好仔發揮。我有共伊的話記起來，嘛誠
歡喜家己到今猶對文字有遮大的堅持。我十八歲
彼年，共天公求保庇講「若大學考有牢，會多做
功德」，毋才有法度佇外文系受正港系統化的
語言佮文學訓練。畢業閣去考老師通做閣較濟功
德，後來閣學輔導幫助弱勢的囡仔，學臺語拼音
解救強欲失傳的臺語。我到今閣秉持信言，誠歡
喜家己一直行佇做教育功德的恩典之路，嘛迷醉
佇咱臺語文的嬌佮趣味，拍算做到我袂行、袂喘
氣。

　　我的創作有教育部電子報的稿、語文競賽朗

讀稿、文學獎著等的稿、報紙雜誌的投稿抑是邀
稿、教科冊書寫，詩、散文、童話、劇本、小說
攏總有，我感覺愛用新文章較成有予創作一直向
前行，所以我才決定寫家己的故事。逐篇攏新的。
我的個性較閉思，欲共家己的故事寫出來，愛有
足大的勇氣。是講，我的故事就是我的故事，若
有認同的就罔看，若無認同的嘛莫共我吼喙瀾。
在我的文學認知，雖然文學有足濟是虛構的，毋
管按怎攏是用來表達心聲、反映人生。有人用假
的人事物寫敏感的題材，用動物抑是未來的世界
做主角，避免無必要的爭議。毋過，我認為自傳
猶是愛寫出真正的故事佮感受，一寡較撞突的所
在，有影的事實，敢寫就敢負責，心內的暗影
嘛免驚人知影，才袂辜負讀者願意撥時間讀我的
冊。閣有，因為食到五十幾歲矣，凡事看開，自
由自在。

　我博士班畢業了後就開始這个寫作計畫，本

底是欲四十八歲寫 48 篇，極加寫甲 50 篇，毋
過傷過大心肝，閣食頭路無閒甲，嘛無積極揣出
版社，毋才拖到這陣大字的五十一歲矣，掛出世
四個月彼篇算在內，拄好五十一歲 51 篇。會當
順利出版，愛多謝我的臺語師父鄭安住老師的牽
線，予伊拜託的人，我佇遮嘛做伙感謝。嘛會當
講無當初安住老師的牽成佮牽教，我就無法度行
入臺語遮爾媠的世界。

　我嘛愛感謝我的臺語前輩佮好朋友，多謝個
佇讀冊會，佇部份的文章，予我意見佮斟酌我的
文字。一个是「守／酒台語社」，逐家守做伙為
臺語，有我的恩師佮創作的燈塔李勤岸老師，閣
有邱文錫老師、陳憲國老師、盧廣誠老師、曾金
金老師、林佳怡老師、蘇世雄老師、周盈成老師、
陳豐惠老師、邱丹霓老師、石牧民老師、呂東熹
公視臺語台台長、張寶明老師。另外，一个是「沙
龍晤」，我幾个通過閩南語語言能力認證中高級

以上的臺語學生，想欲繼續創作，驚臺語捎攏無，所以就成立一個發表作品的「沙龍(salon)」，逐個月約食飯『晤談』，分享家己寫的文章，欲予家己「捎攏有」，有游勝榮、蔡天享、林芮薏、李靜儀、黃惠英、曾惠蓉、蔡慧君、吳政修、李彥震、鍾毓平。多謝兩个讀冊會的臺語有志聽我講故事，毋但無共我譬相講「我聽你咧唱歌」，閣予我的文章較順、較好聽。著啦！逐篇文章我攏用手機仔家己錄音，實在無錢額租貴參參的錄音室，我已經儘量斟酌矣，若小可重耽就拜託恁原諒，上重要的是愛會記得上網聽音檔哈！我想講若有人無棄嫌，會當共我的聲音佮文字，提去做教學用途抑是議題融入性命教育的運用，抑是純做推展書寫佮認證自學，就是我上大的向望，嘛是成全我個人救苦做功德、行語文人權公義的機會，更加是恁對我的疼痛、慈悲佮恩典。

我特別欲感謝共我畫插圖的林芸瑄小姐，伊

是阮細漢查某囝，對阿母的支持予我足感動。伊初初答應了後，有一工拜六伊對學校臺北藝術大學轉來，阮只好用半暝仔小討論一下，我共大概的故事講予伊聽，有一寡仔是進前捌唸著，毋過無遮爾仔正式講予伊聽，伊煞聽甲一下仔笑，一下仔流目屎。我自細漢教阮查某囝講，目屎愛流佇感動的時陣，我無料著伊真正珠淚滴閣去抽幾若張綿仔紙。我干焦講到二十歲，拄好伊這馬的年紀，因為時間晏矣，伊愛去洗身軀，隔工透早閣有活動。嘛好啦！我想講，我四十歲到五十歲的時，伊嘛大漢捌代誌矣，閣講就怪怪。我揀幾張仔相片予伊畫，誠多謝伊的圖予我的冊有藝術感，閣有彼款母仔囝合作幸福的印記。伊的才情佮對藝術的用心，是我這世人會當大聲歡唱的驕傲。大漢查某囝讀法律的傷無閒，若無，我嘛足想欲拜託伊。這本是我的第一本書面冊，嘛毋知是毋是有機會閣出第二本，這真正愛有讀者的支

持。咱臺語出版市場生成足狹，有行無市，咱愛
鬥陣拚，一步一跤印，堅持共行落去。我的夢就
是逐工感恩歡喜，認真喘氣，一直寫臺語。

　　最後欲感謝臺灣文學堡壘前衛出版社的林文
欽社長佮鄭清鴻主編，個在膽同意出版我的冊，
成全我這个平凡女性的作家夢，成全我疼惜臺
語，為臺語留音字，推揀臺語純文學的夢。我會
感恩一世人。

王秀容

Ông Siù-iông

佇指南山城

0

Huè

重出世

有愛的所在，就無失敗。

生贏雞酒芳，生輸四塊枋，阿母性命相交纏，共我生落來。我嘛無頂顢[1]啦，鑽出來欶著第一喙空氣，用響亮勝利的吼聲，證明阿母佮我成功矣！阮贏矣！當當咧歡喜成功，失敗的衰神煞偷偷仔瀌[2]倚來。我這個成功的產品，煞予人講是失敗的不良品——這個囡仔剋爸。

阮爸仔佇我出世四個月的時破病過身。聽講拄好我出世了後，伊開始佇厝裡佮病院來來去去，拖欲倚四個月無藥醫，三十九歲就去天頂做仙矣。伊驚阿母無法度飼四个囡仔，用伊上尾的氣絲仔，交代共我抱予人飼。阿母一直吼，拄拚生死共我生落來，才二八歲就歹命死翁，閣愛割腸肚放囝，袂輸予人連挨三刀，挨誠深、挨誠重、挨甲流血流滴。這款感覺是等到我家己做人家後、做人老母，等到愛認真思考生死的半老老，才深深了解阿母的吼聲有千斤重萬斤重。

1968年我出世的彼時代，查某人哪有法度家己拍算？阿母閣較毋甘，嘛著照阿爸的交代共我予別人。我出世佇四月春天花當開，阿爸過身的時是八月中秋月當圓，阿母一定有無圓滿失敗的感覺。翁死愛較巴結[3]咧，毋過做人老母煞連囝都顧袂牢，彼款毋甘、無奈佮驚惶，若鳥仔岫[4]對樹仔頂落落來，鳥母飛來飛去吼啾啾，硞硞

踅揣無岫。中秋的月娘閣較圓嘛千碎萬碎，閣較光嘛暗淡稀微。

阿爸目睭一下瞌，雙跤一下蹽，隨伶世間無底代，煞是我開始愛揹「剋爸」的罪名。厝邊不時有人喃[5]咧喃咧。我囡仔人毋捌，頭一擺聽著，閣目睭褫甲大大蕊，問人「剋爸」是啥物意思。啥？啥？冤枉啊！我才幼嬰仔爾呢，哪有才調害死人？我無做歹代誌，嘛毋知佗位重耽[6]去。見笑閣無奈！無法度辯解。便若聽人按呢講，我攏足想欲鑽入去塗跤覕[7]起來。我閣愈驚剋爸了後，紲落去會剋母，連唯一的倚靠都無去。一直擋到小學三年，我那吼那問阿母講：「敢會使共我攕[8]轉去腹肚」人哪有可能佮天公伯仔做對頭咧？毋捌喝艱苦，毋捌怨嘆的阿母，無講半句話，目屎三斤重隨輾落來。我，共阿母挃第四刀，這刀直直鑿入去伊的心。

甲欲共我攕轉去，伊敢著佇我送人的隔轉工，撥工[9]去共我偷抱轉來，閣驚抱轉去厝，會予人搶轉去，就走去覕佇便所。狹攕攕、暗趖趖[10]、臭摸摸，欲倚、欲徛、欲坐攏無法度。聽講伊覕規工，逐家揣攏無。伊家己無食無啉，煞用奶水無予我枵著。阿母成功共我救轉來，予我「重出世」。

　　有愛的所在，就無失敗。自彼擺過，無閣去想剋爸的代誌，我開始想阿母偷抱我去便所覕的疼心，我閣決定欲證明我毋是不良品，欲予阿母佇阮彼條巷仔行路有風，講伊生著我是正港的成功。

♩
語
詞
註
解

1. 頇顢：hân-bān，遲鈍、笨拙、愚笨。
2. 濟：tshînn，如大水洶湧而來。
3. 巴結：pa-kiat，堅強不示弱。
4. 鳥仔岫：tsiáu-á-siū，鳥巢。
5. 喃：nauh，小聲地自言自語。
6. 重耽：tîng-tânn，事情出了差錯。
7. 覕：bih，躲、藏。
8. 櫼：tsinn，塞、擠。
9. 撥工：puah-kang，抽空。
10. 暗趖趖：àm-sô-sô，黑漆漆。

1
Huè

奶母車內的天使

我倒佇眠床反來反去，想著阿母。
我才顧一个就無閒甲，啊伊咧？

　　我二十八歲生頭胎，因為大家官[1]彼當陣攏
已經七十幾歲矣，我家己的阿母較袂曉，所以攏
無序大人共我做月內。斯當時市面上已經有「月
內中心」，毋過阮拄買這馬蹛的這間起家厝[2]，
手頭較絚，無冗剩錢通予家己遐四序。阮大姊就
叫我去臺南生，講欲做無錢工，共我做月內。

　　臺南的 7 月當熱。正港的做月內是驚著月內
風，講袂當洗身軀、袂當洗頭、袂當出門，袂當
這，袂當彼。查某人「生一个囡仔，落九枝花；
惱一个囡仔，剝九領皮」。為著欲共身體顧予勇，
以後才有氣力顧囡仔，我攏一項仔一項，乖乖仔
照步來。食飯抑是食點心的時間一下到，大姊
就共食的送入來我的房間，看起來予人款便便
袂穩[3]，毋過事實是若關佇鐵櫳仔內咧食無錢飯，
抑是若入關坐禪全款。監獄長就是阮大姊這个菩
薩。我上好的伴，就是奶母車內底，四點鐘討欲
食一擺奶的大漢查某囝。有的人做月內會著鬱卒
症，我無呢！因為我看伊古錐的面模仔，鼻伊臭
奶羶[4]仔臭奶羶的芳味，歡喜都袂赴，哪有時間
通想鬱卒？啊若欲烏白想，我攏嘛掠紅紅幼幼的
查某囝金金相，那想看欲按怎共伊晟，那唱家己
編的搖囡仔歌，鬥句予伊聽。

　　我誠愛看冊，毋過聽阮大姊厝邊的阿桑講，

做月內上好莫看，我只好規個月攏用想的。好佳哉咱人的思考袂予時間佮空間制限。我想講上帝共囡仔送予我的時，紅紅幼幼的嬰仔是若天使遐純真，我一定愛寶惜神的恩典，好好仔共囡仔晟大漢。我閣想講，阮學校遐的較背骨[5]、較狡怪的國中生，應該拄出世嘛是若天使，毋是一開始就遐忤逆[6]人。敢是[7]個爸母無好好仔共惜？學生囡仔佮我有緣份，做老師的定著愛擔這款若人爸母的重擔。

　　查某囝準時四點鐘就討欲食奶，我半暝攏愛起來飼一擺，我歹勢吵大姊的眠，就家己起來。囡仔咧喝枵，哪會忍心？頭昏昏，腦鈍鈍，嘛愛緊跙起來，毋敢睏。等囡仔欶飽，我的睏神嘛走去十三天外矣。我倒佇眠床反來反去，想著阿母。我才顧一个囡仔就無閒甲，啊伊咧？我四個月閣是幼囡仔，阿爸就過身，阿母產後的元氣都猶未調養好勢，閣愛面對失去翁婿的艱苦，我頂仔閣有三个兄姊，阿母的拖磨[8]是我的千萬倍。看奶母車內若天使的查某囝，想咧想咧，佇半暝，無人對話，心肝內霧[9]出一句「手抱孩兒，才知爸母時」。做月內袂使吼，我嘛是擋袂牢[10]，目屎一直流。佇半暝，我足想欲隨從轉去高雄，共阿母說多謝呢！

奶母車內的天使

1. 大家官：ta-ke-kuann，公婆；丈夫的父母親。
2. 起家厝：khí-ke-tshù，首購的房子。
3. 袂穤：bē-bái，不錯。
4. 臭奶羶：tshàu-ling-hiàn，乳臭未乾。
5. 背骨：puē-kut，很難駕馭的。
6. 忤逆：ngóo-gik，不孝、背逆。
7. 敢是：kám-sī，難道是、豈是。
8. 拖磨：thua-buâ，辛苦操勞。
9. 霧：bū，冒。
10. 擋袂牢：tòng-bē-tiâu，忍不住。

2

Huè

鉸指甲

阿母共襪仔褪落來，我看一下目屎險滴落來。
伊的指甲哪會長甲變彎曲形？

老歲仔目提近看無，提遠相袂準，鉸指甲變做是大工程。鉸手指頭仔猶會使，繩[1]傷近驚指甲幼仔噴入去目睭。若欲鉸跤指甲，實在有夠害。目鏡剝[2]落來，想欲看較清楚咧，身軀著愛向頭前，老人骨頭無遐聽話，才曲[3]無一睏仔，就腰痠背疼。小伸勻一下，勉強閣擋一觸久仔。毋過十肢指頭仔鉸煞，腰會疼甲喝救人。家己這馬半老老拄著矣，才知影是按怎阿母的指甲攏歪膏揤斜[4]。

我佇臺南讀大學的時，定轉去高雄，攏會那共阿母鉸指甲那開講，彼陣摸著阿母的手，有回鄉遊子共阿母司奶彼款幸福的滋味。大學出業去南投山頂教冊，一個月才轉去一擺。睏一暝，著愛包袱仔緊款款咧轉來去，漸漸就無閣共阿母鉸指甲。阿母就恬恬仔家己來。隔冬我結婚搬來臺北，愈搬愈遠，轉去厝的時間就閣愈少。閣連紲生兩个囡仔，予我奉待[5]鉸指甲的人，就變做是阮翁佮阮查某囝。共阿母鉸指甲的向望，煞綴時間佮空間愈摸愈遠，愈遙遠。

彼當陣無高鐵，轉去下港一逝[6]路迢爾遠，㧻細漢囡仔嘛麻煩，閣無歇大禮拜[7]，若欲轉去後頭厝，攏是等過年佇花蓮踮三工，才蹔轉去高雄。一下到厝，款家己的幼囡仔都足無閒矣，哪

會有機會共阿母鉸指甲？攏嘛若咧搵豆油仝款，欲趕路驚窒車就緊旋！窒到臺北，繼續過彼款上班、晟囝、無暝無日的日子。

阮兩个查某囝差兩歲半，接傷倚，飼兩个囝合起來毋是一加一兩倍爾，是四、五倍。兩歲半閣是上蹧躂老母的，定定咧看醫生。除了走病院的記持，我上會記得的，是定定共囝仔鉸指甲。囝仔當咧大，指甲發足緊，細漢囝仔的指甲薄薄仔，我驚個會烏白蟯[8]去予我鉸著肉，著愛足細膩。彼時我就會閣想起阿母晟四个囝仔，伊的艱苦佮無閒，定著無地比。到今，我才了解伊信啥物神？信「忝甲無精神」；信啥物教？信「飼囝無計較」。

這馬阿母有歲矣，阮兄弟姊妹仔誠寶惜會當陪伴伊的日子。阮家己的囝仔攏隨个仔離跤手[9]大漢矣，阮就約講定定做伙轉去陪阿母食飯佮散步。有一改阮去蹛飯店，當阿母共襪仔褪落來，我看一下目屎險[10]滴落來。伊的指甲哪會長甲變彎曲形？等阿母身軀洗了，指甲較軟，我就剝目鏡，用老歲仔目繩咧繩咧，舞成點鐘久才鉸好勢。阿母心情誠輕鬆，若像解決一个久年的大問題，歡喜甲笑微微，閣共手伸出來，歹勢仔歹勢，細細聲仔問我講：「手敢會當順紲？」我心內想講，

閣一百點鐘久嘛無問題。摸著阿母的手，有彼種離鄉遊子轉來故鄉的平安佮幸福！

語詞註解

1. 繩：tsîn，瞄準、定睛細看。
2. 剝：pak，脫下或拿下。
3. 曲：khiau，彎曲。
4. 歪膏揤斜：uai-ko-tshih-tshuah，歪七扭八。
5. 奉待：hōng-thāi，服侍、侍奉。
6. 逝：tsuā，趟、回。
7. 大禮拜：tuā-lé-pài，週休二日。
8. 蟯：ngiauh，蠕動。
9. 離跤手：lī-kha-tshiú，不需全心照顧。
10. 險：hiám，差一點、幾乎。

3
Huè

千金小姐散食囡仔

我母是像內媽，有縛跤、三寸金蓮的千金小姐，
我是無鞋通穿裼赤跤，予破矸仔鑿甲流血流滴的散食囡仔。

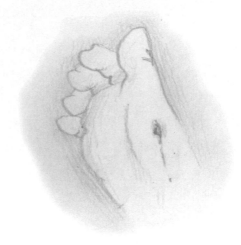

　　我初擺的記持¹是四歲的時，跤底去予酒矸柿仔鑿著。

　　細漢蹛佇高雄芩雅寮油桶遐，有一工下晡，天猶光咧，草埔仔的菅芒綴²高雄港吹來的海風搖啊搖。我裼赤跤佇門口耍，看大姊欲出去揣同學，嘛想欲綴。大姊越頭擲一句：「莫綴喔！」就走矣。看伊愈行愈遠，我小躊躇³一下，嘛毋知共啥人借膽，就傱欲去揣伊。我才逐到草埔仔遐爾，跤底就踏著尖尖的物件。鑿一下血用噴的，心內足驚惶，想講四界攏無人是欲按怎？跤底疼甲，就用跤後蹬⁴行，那吼那跛轉去。記持就停佇阿公足緊張，共我止血、糊藥仔，埕裡亂操操，若燒鼎炒狗蟻。

　　芩雅寮蹛到四歲半，有一工，阿公講阮愛搬厝，因為政府欲佇阮遐起油桶。起油桶這件代誌煞延續到我四十一歲的時，大伯的查某囝臨時來揣，講是「賊仔政府」有可能欲還土地。我撥工轉去高雄的地政佮戶政事務所調資料，才揣著佮內公、內媽的淡薄仔連結。內公叫王天枝，阿祖王富，做魚行商；內媽叫葉見，是中洲仔的大美人，阿祖是葉分，正是高雄第三信用合作社的創辦人之一，應該是好額甲，後來出家⁵做和尚。我揣甲對旗津的地政事務所，才知影中洲仔

是葉家的天下。內媽是大漢孤查某囝,誠得阿祖疼,財產分有著,有一塊仔[6]。照理講,過身了後,阮爸仔庀囝會當分寡手尾錢,毋過遐的姑仔伯仔趁阮爸仔十四歲細漢,規碗捀捀去。阮爸仔三十九歲破病過身,某囝煞變一級貧民。

我真正走去葉家共看,有家廟,幾若落,祖公仔是做文宰相的,我一世人散甲強欲無志氣,看著遐真正尾脽會翹。有一个「九十四歲的表姊」閣會記得姑婆葉見佮伊的庀仔囝阮爸仔王明堪。莫怪我這个散食囝仔,定予人呵咾講有夫人相。誠實無彼號美國時間佮氣力閣去搣[7]這个身世,就親像「還我土地」的代誌,後來就無聲矣。國民政府向時的橫霸,像阮這款土地予人占去、厝予人拆破的規大捾。我隨對中洲仔閣拚轉去苓雅寮這馬的四維路底,去走揣記持。對成功路斡入來的彼條路改名矣。我糊藥仔的大埕嘛無去矣。彼間阿姊、阿兄捌讀過的成功國小猶佇咧;彼間基督教病院,哪會遐爾細間?陳中和的洋樓猶佇咧,細漢聽人講二樓的窗仔有鬼,害阮行過遐,攏驚甲欲死。這擺我刁工共目睭褫[8]予大大蕊斟酌相,因為人講阮內媽葉見佮陳中和個某是姊妹仔伴,行陳家的洋樓若行王家的灶跤。聽講有做伙咧食鴉片,彼款好額人才有的消遣。敢有影?

　　有好額人的 DNA 嘛無較縒，人一散食，親情就走甲無半隻。阮會當活命，是靠外公佇夜市仔排擔仔共人算命兼賣漢藥仔[9]。我毋是像內媽，有縛跤[10]、三寸金蓮的千金小姐，我是無鞋通穿褪赤跤，予破矸仔鑿甲流血流滴的散食囡仔。

語詞註解

1. 記持：kì-tî，記憶。
2. 綴：tuè，跟、隨。
3. 躊躇：tiû-tû，猶豫、遲疑。
4. 跤後蹬：kha-āu-tenn，腳跟。
5. 出家：tshut-ke，看破紅塵。
6. 有一塊仔：ū--tsit-tè-á，頗有財產。
7. 搧：iah，揭發、揭露。
8. 褫：thí，張開。
9. 漢藥仔：hàn-ió h-á，中藥。
10. 縛跤：pa̍k-kha，纏足。

4

Huè

巷仔尾的雞牢仔

老師考阮「貪」字和「貧」字，講會曉的是天才。
彼是我這世人，唯一感覺做「貧」民共人「賒」數的好處。

我五歲搬來籬仔內崗山仔中街。若共人講籬仔內，人就講關犯人的「內籬仔[1]」；若共人講崗山仔，人就講羊肉蓋出名的「岡山」，解說規晡嘛花袂清。

嘛毋知阿公當時去揣著這間厝，聽講是八萬箍，遮的錢會當買瑞隆路的店面，若這馬就富矣！毋過伊為著欲和苓雅寮的厝邊做伙蹛，就揀佇遮。遮佇現代這幾冬，是天狗熱[2]蓋出名的所在。

閣聽講阮兜這間本底是雞牢仔。哈？佇販厝[3]內底飼雞仔？真正是古早人才做會出來的代誌。聽講阿公有去摒，閣用鹽酸豉過，莫怪阮兜草仔色的地磚，會有大空細空的毛管空。按呢嘛好，行路袂去予滑倒。阿公摒甲不止仔澈底，阮蹛入去了後，毋捌鼻過雞屎味，嘛毋捌去看著半絲仔雞毛！

阮的生活嘛佮阿公退的蹛全條巷仔的「老」朋友足有牽連。我五歲猶未讀冊，定綴阿公四界過家[4]，致使我一世人足慣勢，嘛足愛聽老人講話。這條巷仔攏總有五十八戶，對巷仔頭到巷仔尾攏有阿公的朋友。

15號是「雞膏疕仔」，細漢毋知啥物意思，這馬共想起來，敢會是「焦去的雞屎膏」？無好

聽呢！莫怪阿公捌交代阮毋通烏白綴伊叫。逐擺我若去個兜揣阿公，雞膏疕仔攏坐佇彼塊大塊桌仔邊彼隻足大隻的藤椅，袂輸坐金交椅仝款。伊大箍大箍，看起來誠有好額人範。我細漢一直叫啊「膏」是高高在上的「高」，因為阿公個干焦會當坐佇倚窗仔邊的椅條，看起來無物閣低路。伊敢若足好額，因為逐擺阮兜不度[5]，阿公攏會先去共伊借錢。阿公講偌濟，伊就提偌濟，攏無第二句話。較奇的是，我毋捌看伊厝裡有別人，敢是無娶某？佇早前的時代，按呢算是誠時髦的選擇。莫怪伊遐自由，閣有冗剩錢會當借阮阿公。

　　37 號是西伯仔，叫陳漏幼，哪會叫做西伯仔我就毋知囉。是阿西阿西？抑是馬西馬西？無成[6]呢！伊的房間是佇二樓的頭前間，定定放 la-jih-ooh。在地的芩雅寮人是倚海食海，阮爸仔在生進前嘛會掠魚去菜市仔賣，阮大姊上捷餾的記持，是規菜市仔的人攏知影伊五歲就會曉秤魚仔、算數、找錢。大姊這世人的數學攏足好，是我這个學文的人無法度理解佮體會的。

　　我閣差一點仔就因為數學傷穤無法度讀大學。仝爸母，哪會差遐濟？大姊的英語足破的，我的英語對國中就削削叫，我袂記得考雄女的時英語考幾分，毋過考屏東師專是考 98 分。可惜

去予數學佮物理害著，我師專考無牢，只好去讀雄女。阮兜足散，我閣自細漢就足想欲做老師，阿公嘛是按呢共我交代，一直到伊佇我國中二年的時過身，伊閣交代我愛好好仔讀冊，講伊會共我保庇。

閣轉來講阿公的好朋友西伯仔。伊勢掠魚，名號得讚，魚網仔是「漏幼的」，伊攏掠著大尾的。阿公會共買抑是賒 [7] 魚仔予阮食。伊上捷掠的魚，叫做「變身姑」，我嘛毋知按怎寫。彼款魚的身軀有噴點，袂輸殕色的花龜仔咧，肉足幼，煮薑絲濫寡鹽，湯就足甜。毋過有欠點呢！我上驚看著伊喙裡含「魚蝨」，吮到遐攏會擋牢咧，其實這馬想起來，應該是蝦蛄寄生佇伊的喙裡爾爾。

我閣有一段足毋捌代誌的記持佮西伯仔有關係，若準時間會當倒頭行，我希望這件代誌毋捌發生過。國小六年畢業旅行是欲去日月潭佮溪頭，我共阿公討 [8] 欲去，我明明知影厝裡無錢，閣一直共阿公花 [9]。可能是阿公共西伯仔借錢借甲歹勢矣，伊叫我莫去好無，我閣掔足久一直拜託伊。我自細漢就愛笑，我無吼嘛無張，只是一直共阿公講畢業旅行對我來講有偌爾仔重要。這馬想起來是足後悔。阿公無法度我，就叫我家己

去共西伯仔借，伊想講我可能毋敢去。想袂到我應好，就隨走去共西伯仔借錢。

到今我猶會記得彼款開喙共人借錢的心情，足見笑的感覺，矮人規大節，足想欲鑽入去塗跤。我那開喙那感覺家己愛耍毋著，毋過，我猶是借四百箍轉來。我提轉來予阿公看的時，阿公干焦冷冷仔應一聲「喔！」害我的心閣愈疼，因為四百箍是欲還甲當時？彼擺去耍當然有誠好的記持，毋過，後來我大學畢業第一个教冊的所在就佇南投，定定去日月潭，管伊風景偌婿，我較想嘛是去共人借錢的無志氣。

阿公毋捌予阮枵著，我戀戀叫是伊共販仔買物件毋免錢，因為定定聽伊物件秤好提佇手裡，就講「先賒咧」，所以我小學四年仔，有一工老師刁工考阮「貪」字和「貧」字有啥物無仝、「賒」字和「余」字欲按怎寫，閣講會曉寫的是天才。我隨攑手去烏枋寫予逐家看，閣攏寫著，予老師驚一越。彼是我這世人，唯一感覺做「貧」民共人「賒」數的好處。啊天才是去佗位學來的？我定定去區公所討「貧戶證明」，對文字可能生成有興趣，攏會趁等車的時，順紲看一下仔內容，「貧」字就按呢共記起來矣。我閣定定聽阿公共西伯仔賒魚仔，共賣菜的賒，共賣豬肉的賒，共籤

仔店賒。有一擺我擋袂牢就開喙問講：「賒是啥？」阿公解說予我聽，牽我的手，閣共「賒」字寫佇我的手蹄仔予我看。一筆一劃就若像一條一條欠人的數，我才了解阮兜有偌散。我緊共拳頭捏咧，想欲緊共藏起來，驚予人看著。賒了著愛還，莫怪阿母逐個月初五，領著薄薄仔的薪水袋仔轉來，阿公就趕緊提咧去四界還人錢。猶是無夠還。

西伯仔嘛有借阮錢，所以我嘛感覺伊是好額人。就因為按呢，我小學二年去教個孫數學的時，西姆仔攏會佇我欲轉去進前，抹[10]十籤予我。我會先假歹勢講毋免，閣共抹轉去。毋過心內偌驚伊無閣抹轉來呢！好佳哉伊攏輕輕仔共我的指頭仔扳開攕予我，我就緊共拎佇手裡驚無去，細膩仔行到厝，就緊提予阿公，講欲儉佇伊遐。西伯仔個新婦叫做「牛婆」，細漢我毋知意思，想講可能是伊生做較𤺪較粗勇若牛遐大隻，看起來面腔較歹的款，後來我才知影，原來是咧講「原住民的查某人」，這馬想起來，有影伊的面模仔足深，目睭足大蕊，無定著真正是原住民。這無要緊，我就無閣問。

47號是阮兜，算巷仔尾矣。阿公叫「林的」，毋是因為伊姓林，是因為伊叫做周茂林，尾字是

林。阿公足愛開講，嘛愛講笑詼。因為伊捌漢字，知影足濟漢藥方，嘛有咧共人看面相佮手相、排八字、寫藥方和敆藥仔，若像救袂少人，嘛有交陪袂少讀冊人。阮兜雖然是買著人進前做雞牢仔的厝，毋過，除了對嘉義港口宮請來的媽祖、太子爺彼面，閣窗仔彼面無法度掛，客廳的兩面壁，攏匾仔、軸仔掛甲滿滿滿。閣有一幅刺繡，是一尾龍配一幅「龍飛鳳舞」的大字，有人就講因為有龍無鳳，莫怪阮阿媽會較早過身。阿媽活到七十二歲，都等無人欲閣刺鳳送阮，嘛是無法度的代誌。彼幅「龍飛鳳舞」寫甲有龍閣有鳳的形，一直到我國中二年，阿公七十九歲，共阿母講伊時間到矣，家己共彼領紺藍仔色的壽衣穿咧，就去倒佇客廳彼尾龍的下跤。逐家共神明崁崁起來。毋過，奇囉！阿公倒三工閣無走，西伯仔就建議講，共彼尾龍剝落來。有影呢，一剝落來過一下仔，阿公就轉翻箍轉生，講欲起來坐一下仔。都暗時八點矣，伊煞討欲食伊上愛食的木瓜，我緊拚去憲德市場買，嘛好佳哉天公伯仔鬥相共，恁我去買著一粒在欉黃的，會記得我咧買的時，頭家娘那包那講彼粒有夠媠，我看甲喙瀾嘛強欲津落來！毋過心內閣較想欲緊騎跤踏車轉去攢予阿公食，袂當予阿公有遺憾。阿公木瓜食食咧就

講欲閣去倒矣。隔工中晝,真正人就轉去矣!

51 號是躂叔公仔,阿公叫伊「柯的」,毋是老人面柯柯,是名叫柯文祥,阮攏叫伊叔公仔,個兜叫「靈霄寶殿」,厝裡有一尊足大尊的天公,定定有人來予伊論命改運,不時都聽叔公仔用牛角咧歕 áunn-tu-áunn-tu-áunn-tu-áunn。伊逐擺咧歕,阮因仔佇厝裡聽著,嘛會綴咧激聲,閣佇遐那激那笑,彼時阮攏毋驚得失天公。因為阮才隔一間 49 號爾,閣因為個兜有全沿的孫仔,阿公的朋友內底,阮佮個就較定交插。

彼當陣規條巷仔干焦個兜有一台「箱仔車」爾,有夠奢颺。不時都聽阿叔抑是嬸婆仔,喝欲駛車四界去耍、去食好料的。逐擺攏嘛超載,有一兩擺我綴有著陣,是攄入去屈佇上尾仔佮玻璃貼貼貼的所在,我第一擺食著鵝肉,就是因為攄有著啦!這馬共想起來,叔公仔才是阿公的朋友內底正港的好額人,有車、有電視、有電話,有飼一隻半暝定咧呼狗螺的土狗仔 Hally,聲就若叔公仔歕的 áunn-tu-áunn。叔公仔閣好額甲捌飼一隻猴,彼擺叫阿公共鬥相共,講欲共猴山仔剁尾予較乖,結果煞剁斷跤,彼隻無尾閣三肢跤的猴,可能咧抗議,後來變甲夕衝衝,害我這个相猴的自細漢煞足驚猴。閣有,靈霄寶殿裡的逐尊

神明，胸坎攏掛幾若塊金牌。我看袂慣勢的是，叔公個後來攏食檳榔閣跋麻雀，我這个厝裡掛匾仔綴阿公讀詩文的人，若毋是愛共個借電話，我是足無愛閣去個兜迌迌矣。閣後來阮若去個兜接電話，嬸婆仔的面色和聲嗽攏無好，阮惜面底皮，就盡量莫去。後來阿公過身，大姊去加工區上班，頭一項代誌就是裝電話，阮就毋免閣佇靈霄寶殿天公的面頭前講電話矣！

　　阿公遐的老朋友，雞膏疕仔年歲較大，比阿公較先轉去。來是阿公，了後因為無閣相行踏，我嘛離開高雄去臺南讀大學，西伯仔、西姆仔、叔公仔、嬸婆仔，當時走的，我嘛分袂清楚矣！總講一句，一个世代過去矣。

　　人生就是按呢，啥物攏會老去，啥物攏是空虛，無值得提起。以前的囡仔，這馬已經半老老，媠媠的阿母，嘛真正變老母矣。人生來來去去，就像雞牢仔厝換阮做主人，用鹽酸酼過的地磚，啥物味攏無去，只賭大空細空的毛管空，無斟酌共看嘛看袂清楚，無人會講起，嘛無人會記得伊的過去！

語詞註解

1. 內籬仔：lāi-lî-á，監獄。
2. 天狗熱：thian-káu-jia̍t，登革熱。
3. 販厝：huàn-tshù，成屋。
4. 過家：kuè-ke，串門子。
5. 不度：put-tōo，沒錢了；活不下去了。
6. 成：sîng，像。
7. 賒：sia，買賣不付現金，用記帳的方式，延期付款。
8. 討：thó，催促、要求。
9. 花：hue，耍賴、胡鬧。
10. 抒：tu，硬塞。

5
Huè

半包餅

這世人啥人共咱惜，啥人共咱疼，
心內清清楚楚攏知影。

半包餅？有啥稀罕[1]？賰半包有啥物通好講？佇較欠缺的 60 年代，囡仔人有半包餅通拎[2] 佇手裡慢慢仔食，會有淡薄仔嚻俳聳勢[3] 的歡喜，行佇路裡是若飛上天。我細漢若綴阿公去揣阿舅，就會有這款半包餅的歡喜。只是彼款歡喜有加味，有濫[4] 歹勢佮感恩的滋味。

登科阿舅是阮兜的大恩情人，是隔房閣隔房的麵線親[5]。阮爸佇我出世四個月就破病過身，阮兜就開始過無老爸做主張的艱苦日子。阿舅佇教育局食頭路，聽講伊定定去市議會開會足無閒，可能官嘛做袂細。伊三不五時會來阮兜行行看看咧，攏是伊自動關心阮。若無，阮是歹勢去共人齪嘈[6]。毋過，若有重要的代誌嘛是著去共報告。伊閣較無閒，嘛會撥時間出面，抑是暗中共阮鬥相共。逐項代誌到伊的手，攏會有比阮想的閣較圓滿的結果。像阮四个兄弟姊妹嫁娶辦桌，伊攏會陪阮阿母坐佇親家桌，欲予親家知影，阮是有靠山的。

伊閣會趁機會教阮做人的道理，教阮兄弟姊妹仔愛全心，愛好好仔讀冊。毋知是毋是按呢，阮四个囡仔雖然毋是大富大貴，毋過隨个攏算乖巧閣有才情，無予伊落氣。細漢我捌無逴濟，這馬家己佇教育界作穡，才知影伊誠實官做誠大，

予我愈欽佩伊，因為伊袂看阮無，顛倒共阮當做是家己的囝兒序細。

雖然伊定定交代講有代誌愛揣伊，毋過阮猶原歹勢共伊攪擾。擋甲無法度著去苓洲國小的宿舍揣伊的時，差不多就是愛麻煩伊的意思。因為我是厝裡上細漢的，好笑神閣好喙，阿公就較捷[7]炁我去。逐擺去到位，阿妗會先開冰箱提餅予我食。阿公和阿舅咧開講，我就佇邊仔乖乖仔食餅。欲走的時，伊和阿妗會閣入去抾一袋仔逐款口味攏總有的、半包半包的餅，叫我捾轉去予兄姊食。

半包？敢是食賰的[8]？毋是喔！有新敧[9]的，是表兄表姊佮阮分一半，我捌佇客廳聽著灶跤咧拆餅盒仔、紙橐仔的聲；有舊的，是個儉儉仔食工留的，個照常包予我。我嘛捌影著表兄佇灶跤細聲仔喝毋甘的聲。雖然餅好食，喙箍會掣，阮嘛是有志氣的人，攏歹勢仔歹勢共講「免啦」。抾[10]來抾去，到尾嘛是毋敢觸個的好意。

人生已經過一半，這世人啥人共咱惜，啥人共咱疼，心內清清楚楚攏知影。因為細漢定定食半包餅，我知影分享的功德足大。這馬欲食餅攏嘛買會起，是誠四常的代誌，我定定是一包餅分欲半包出去，賰一半才沓沓仔食，那想起阿舅佮

阿妗共阮當做家己的囝，共阮惜命命，予阮有依
倚，影響我這个散食囡仔一世人的運命。

1. 稀罕：hi-hán，特別的。
2. 拎：gīm，緊握在手裡。
3. 囂俳聳勢：hiau-pai sáng-sè，高傲、神氣。
4. 濫：lām，混合、摻雜。
5. 麵線親：mī-suànn-tshin，遠親。
6. 齪嘈：tsak-tsō，打擾。
7. 捷：tsiap，次數很頻繁。
8. 賰的：tshun--ê，剩下的。
9. 敨：tháu，打開。
10. 抸：tu，推。

045

6

Huè

擢牢咧的學生裙

無要緊！先來去才講。總比無去較好。

「你哪會閣穿按呢？毋緊去換衫？今仔日一年仔欲報到矣呢！」厝邊阿弟仔個阿母牽阿弟仔的手，拖咧對巷仔口去，那喊我緊去換學生衫。看伊的表情佮著急的形，我知影這件代誌足要緊閣足趕緊。毋過雄雄嘛毋知欲按怎才好，因為阿母四點就去掃路，愛九點半才會轉來，阿公透早就出門去市區揣朋友。大姊和大兄去較遠的樂群國小讀冊，早就出門，賰二姊因為讀阮這間新學校，教室無夠，三年的讀半工，輪著下晡才愛去學校。

「緊咧，容仔，你敢知影你的學生衫囥佇佗？咱全學校，我焉你來去。」嘛毋知二姊是佗位借來的膽。人攏叫伊「愛哭的」，因為伊的個性較軟洪[1]，足濟代誌攏用吼的，阮年歲相倚[2]，較捷做伙迢迌，我無想著講伊會遮爾勇敢徛出來主張。我才六歲猶戆戆，看規條巷仔，同年的囡仔，有的猶未睏醒閣咧挼[3]目睭，目屎膏閣牢佇目睭裡，隨個仔隨個攏穿白色的新 siat-tsuh，紺色的吊神仔裙抑短褲，予大人牽咧傱，袂輸咧走反[4]全款。看遮濟人兇兇狂狂，我綴咧驚著。阮無大人焉去敢會使？敢會無去報到，以後就袂當讀冊矣？我緊張甲強欲吼出來。

「無要緊！先來去才講。總比無去較好。咱

來揣你的衫。」二姊那講伊知影一年仔的教室佇佗，那拚起去二樓，共阿母的皮箱掀開。有影，彼跤皮箱有阿母上寶貝的物件。二姊佮我捌扮公伙仔[5]，想欲穿拖塗跤的新娘衫，就共阿母少年咧穿的洋裝拖出來，耍了才閣偷偷仔囥轉去。阮兜散赤無衫仔櫥，彼跤磨甲舊舊毋過看會出是粉紅仔色的皮箱，就是阿母的嫁粧，查某人欲妝娗[6]的家私攏佇內底，是阮上愛的百寶箱。阮想講阿母平常時有喃講，讀冊上重要，阮臆伊一定會專工[7]共學生衫收予好勢，嘛感覺干焦彼跤皮箱有夠格。好佳哉，真正去予阮搜著！閣拄好入學的通知單嘛囥做伙。無，這聲就塗去囉！

　　會記得我起床無洗面，佇喝欲揣衫進前，我是坐佇戶橂[8]咧扒麭。我想講欲出門，上無面嘛愛小抹一下。二姊講：「時間趕緊，免啦！」塑膠橐仔敨開了後，「慘矣，欲按怎穿？」傷大領，百襉裙閣攑[9]牢咧。「無時間通鉸矣啦！按呢穿就好。」學校的代誌二姊定著比我較捌，聽伊的就著，我就乖乖仔共大幾若號的 siat-tsuh 和「狹裙」穿起去。頂鈕鬥下鈕穿規晡，二姊講：「咱袂赴矣，等咧愛小可仔用走的喔！」我應好。一个九歲的炁一个六歲的欲去讀冊。阮大步行掛用走的。毋過，穿攑牢咧的學生裙，有夠歹走的。

我閣驚走一下共布摵¹⁰歹去，閣毋敢吼。我一手
牽二姊，一手摸彼領裙，兩肢跤一直紡一直紡。
擺牢咧的裙若未來的考驗，毋過免驚，愛像今仔
日遮勇敢，大步大步向前行！

♪
語
詞
註
解

1. 軟洪：nńg-tsiánn，個性軟弱。
2. 倚：uá，貼近、靠近。
3. 授：juê/lê，手指頭用力壓、揉。
4. 走反：tsáu-huán，戰亂時去別的地方避難。
5. 扮公伙仔：pān-kong-hué-á，扮家家酒。
6. 妝娗：tsng-thānn，化妝、打扮。
7. 專工：tsuan-kang，特地。
8. 戶模：hōo-tīng，門檻；門下所設的橫木。
9. 擢：tioh，拉平、拉直；將裙底縫線，防百褶裙散開。
10. 摵：khiú，拉扯。

7
Huè

幌韇鞦

若拚會過上好，
若拚袂過就全款逐工歡歡喜喜幌韇鞦，飛啊飛！

我小學二年的時，一禮拜會幌[1]五个下早的韆鞦。彼陣逐口灶[2]囡仔生較濟，學校唊袂落去，教室愛輪咧公家用。低年級的攏輪著下晡，我就早起先去幌韆鞦。阿母天猶未光就出去掃路，過晝閣愛出去掃一逝，所以阮兜的囡仔起床、讀冊攏家己來。二姊佮我讀全間小學，伊四年的讀規工，我定定綴伊透早起床，做伙去學校，才佇運動埕要規早起等下晡上課。中晝就去福利社買四秀仔[3]食。

運動埕有韆鞦、地球椅、搖船佮吭翹椅[4]。我罕得耍地球椅，因為踅著會楞。吭翹椅佮搖船愛有伴才會使，所以我上捷幌韆鞦。坐咧幌無夠看，徛咧幌會當展風神飛足懸。二年仔無咧驚吊裮仔裙飛起來，內褲會予人看著。以前像阮按呢若無人欲拃[5]的囡仔閣袂少，學校袂插[6]阮，阮嘛乖乖仔袂烏白走，袂去教室囉[7]人上課。

我無讀幼稚園，一年仔拄開始閣戇戇，毋捌啥物是考試？啥物叫做寫功課？老師派都做伊派，我是啥物攏毋知。阿母逐工透早愛四點出門掃路，九點才會轉來，一下入門攏會先問我有寫字無。「啊！無！」伊就叫我緊拃。寫了才緊和厝邊的同學做伙行去學校。有一兩擺，老師派傷濟，我寫袂了，阿母驚我予老師搰尻川，就激我

的字共我鬥寫。阮敢若做賊咧，交作業的時手閣會掣，好佳哉攏無去予老師搜[8]著。

二年仔拄開始，我猶是散散。後來，日時綴二姊去學校，欲暗仔綴二姊寫功課，就慢慢仔慣勢讀冊的生活矣。阮放學轉來到厝四點外，天猶光光，就攑椅條去門口做桌仔，坐戶橂做椅仔寫功課。寫煞，拄好阿母暗頓煮熟喝阮食飯。我足愛和二姊做伙寫功課呢，因為伊足勢削鉛筆，伊攏講：「你認真寫，我等咧共你削鉛筆。」隔轉工，我的鉛筆篋仔一下掀開，規排有夠媠的，同學攏足欣羨的。這是我佇學校，除了韆鞦幌比人較懸，閣另外一項會當共人煬的代誌。

二姊誠照顧我，好佳哉伊炁我去新生報到，我才有冊通讀，嘛是伊招我寫功課，我才知影讀冊的規矩。伊閣教我上課愛乖乖，功課愛寫予好，字愛寫予正、寫予媠，才袂予老師損。照這馬的講法，二姊就是我的安親班老師。

二姊大我兩歲半，阮較捷做伙讀冊、做伙耍，物件會買全款的，抑是公家用，閣會穿全花草的衫，害誠濟人舞甲花花去，叫啊阮是雙生仔。其實二姊較幼骨，我較膨皮；伊愛用張的、用吼的，人叫伊「愛哭的」，我攏用講的、用笑的，人叫我「愛笑的」。阮個性無全，毋過感情足好。逐

擺看二姊吼，看伊予阿公搝甲退悈慘，我嘛足
毋甘，我閣毋敢去共占，毋過會去共安慰。不
而過伊猶是吼袂停，我嘛無法度。有當時仔，
我會感覺足奇怪，哪有遐好吼的代誌，予人搝
閣無達著目的，閣了目屎，哭甲目睭腫腫閣會
變穤，彼會[9] 好耍？毋知佗一工開始就無閣聽著
伊咧吼，厝裡總算平靜矣。無聲就好，嘛無人去
研究原因。

　　幾若十冬矣，最近阿母跋倒蹛院，阮佇病院
開講，伊家己才講出這个祕密。有一擺，伊吼甲
無人法，阿母綴伊跔佇壁角，細細聲仔共拜託，
叫伊莫吼，二姊閣一直吼。彼个時代，搝囡仔是
足四常的代誌，厝邊頭尾定定有箠仔咧撆佮囡仔
吼甲哀爸叫母的聲。有當時仔閣會聽著兩三戶咧
拍擂台。我敢拍胸坎掛保證，阮毋捌予阿母搝過。
有一半擺仔嘮甲予伊擋袂牢，伊捌攑衫仔弓假影
欲共阮搝，毋過伊攏先文文仔講：「欲搝落去矣
喔……。」阮隨旋，伊嘛準煞，無按怎。彼擺，
阿母用著急的聲，細聲仔共二姊嚇講：「若毋恬，
欲拍落去矣喔！」二姊無恬嘛無走。阿母閣講第
二擺、第三擺，不得已用手尾輕輕仔佇二姊的手
曲共搭一下，阿母家己煞目屎隨輾落來。二姊看
一下隨恬去。自彼擺開始，就無閣聽伊咧吼矣。

阿母的目屎是仙丹妙藥，共二姊的愛哭病醫治好
矣。

二姊無吼的時，佮阿母全款，足媠足溫柔，
嘛全款有仙丹妙藥醫治我的散形。伊陪我寫功
課，我的成績才開始衝懸，才予老師看著我散
囡散閣無簡單。二年的第一月考，我竟然提第二
名！贏五十幾个呢！獎狀提佇手裡幌轉去厝，阿
公看著，就足歡喜的，隨炁我去食湯麵。欲食一
碗五箍銀的湯麵對散食囡仔來講，是偌爾稀罕
的！我無咧臭彈，到今我猶會記得彼碗湯麵的滋
味。嘛會記得我那食那想著二姊，足想欲分伊公
家食。阿公閣炁我去玻璃店，開四十箍，共我的
獎狀和 [10] 一塊金框，頭家咧和的時，阿公那聽人
呵咾，那假歹勢講：「無啦！是恁毋甘嫌啦！」
轉去，伊閣緊共掛起去客廳人攏看有的所在。換
我會歹勢呢！

自著彼張獎狀了後，我閣愈認真寫功課，
彼條重墜墜（kuâinn-kuâinn）的椅條攑起來若
像變較輕矣！我寫甲天暗落去，手閣毋甘放。閣
開始看冊背課文呢！毋過我按怎考都第二名。哪
會按呢？姓蔡的班長攏踮佇第一名，伊的頭毛攏
扷兩條頭鬃尾仔媠媠，無像我鉸屎礐仔頭閣生蝨
母；伊踮隔壁條巷仔，厝裡賣醬菜，無像阮散甲

無人愛。有一擺，阿公叫我去買豆棗，我就趁機
會探看個兜生做啥款。看一下，變佩服佮欣羨。
清氣閣整齊，有冊桌仔、椅仔、檯燈；嘛可能是
個爸母咧做生理，算術會較贏面；閣想講伊中畫
才予個阿母牽來教室，早起佇厝看冊攏免先去幌
韆鞦。看範勢我無老爸、阿母掃路的、攑椅條、
坐戶橂、借日頭光寫字、若無人控的是拚袂過。
我足欣羨嘛毋敢怨感，就恬恬仔決定繼續考第二
名，若拚會過上好，若拚袂過就全款逐工歡歡喜
喜幌韆鞦，飛啊飛！

♫

語詞註解

1. 幌：hàinn，搖擺、晃動。
2. 逐口灶：ta̍k kháu-tsàu，每一戶。
3. 四秀仔：sì-siù-á，零食、零嘴。
4. 吭翹椅：khōng-khiàu-í，翹翹板。
5. 控：tih，要、欲。
6. 插：tshap，管，干涉。
7. 囉：lō，吵。
8. 搜：tsang，逮到、捉到。
9. 呔會：thài/thah ē，怎麼會、豈會。
10. 和：hô，比對測量。

8
Huè

討證明

彼張白白、薄薄的紙，若像變甲有千斤重。

　　四十歲以後對故鄉和爸母的數念愈來愈深。四十歲進前食頭路佮無閒囡仔，規工若干樂[1]，無一時閒，較袂去想著；了後，囡仔離跤手，較有時間轉去看阿母。雖然「囡仔會離門戶，袂離腸肚[2]」，毋過等兩个查某囝攏有誠讚的國立大學通讀，我人生初坎的任務總算有一个交代，心情嘛通放輕鬆矣。心肝頭上歡喜的、上想欲做的，就是會當定定轉去高雄陪阿母，彌補久年的虧欠。其實是有淡薄仔和心內的驚惶摸大索[3]，因為囡仔會大，我會老，阿母老比我較緊。

　　阮兄弟姊妹就先講好勢，平常時仔家己轉去看阿母的無算，兩三個月愛規家伙仔齊[4]到，做伙陪阿母食飯，炁阿母四界蹉蹉看看咧。因為阿母年歲有矣，平常時仔極加是佇巷仔底的公園仔行行咧，手幌幌咧做運動，毋敢走傷遠。

　　拄好4月中是阿母的生日，阮轉去一暝兩工。頭一工，陪阿母散步、開講、食飯店。隔轉工阮想欲予阿母較無全的，就炁伊對阮離仔內彼站，坐高雄輕便捷運去夢時代百貨公司食晝、蹉街買婿衫、坐摩天輪看高雄港，那耍那開講。

　　高雄的路變誠濟，我定定揣無，等我用手機仔看地圖，才知影阮來迌迌的所在，就是古早的前鎮區公所、27 號公車的總站、加工區的彼箍圍

仔。一寡細漢的記持規个攏走走出來。遐我上熟，因為一冬上無[5]愛去兩逝。若毋是阿公炁我去，就是我家己坐市區的[6]去。去創啥？毋是去迌迌，是去討一級貧民的證明。

　　討證明是無法度的代誌，逐擺去到遐，看前鎮街仔鬧熱滾滾，點心擔一間綴一間，阮無錢攏無法度躊躇延延[7]，干焦有流喙瀾的份爾。討著證明，隔轉工著愛紮去學校交予老師，才會當免納冊錢。我逐擺提予老師的時，口面的天氣閣較好，我的心情嘛攏烏陰天，彼張白白、薄薄的紙，若像變甲有千斤重。我的頭攏向甲袂當閣向，平常時丹田足有力，彼當陣講話煞袂輸[8]蠓仔咧吼爾，尻脊骿感覺規班的同學攏用目睭咧共我金金看，我定向望塗跤若有一空通予我鑽，毋知偌好咧。有的同學閣會白目問我講：「哪會無納錢？」我毋知欲按怎應才好呢！我偌希望佮個仝款，提著彼張紅紅的收費證明。

　　上早是阿公提去學校予老師。後來，伊就問我知影欲按怎提予老師、欲按怎講無。到三年的，阿公規氣就教我家己去區公所討。我為著欲讀冊，會驚嘛愛假毋驚。這款討證明拜託人，交證明見笑死無人的日子，予我足大的壓力，毋過嘛無法度。有一擺，我擋袂牢[9]就問阿公：「討

證明的日子是欲到當時？」阿公講：「等恁大
漢[10]。」自按呢，逐擺若聽著大漢捌代誌愛按怎
閣按怎，我攏會盡量照做。我心內按算講，若會
當證明家己大漢矣，就毋免閣去討彼張千斤重的
證明矣。

語詞註解

1. 干樂：kan-lȯk，陀螺。
2. 腸肚：tn̂g-tōo，心思。
3. 搝大索：khiú-tuā-soh，拔河；拉拒。
4. 齊：tsiâu，全部、皆。
5. 上無：siōng-bô，至少、起碼。
6. 市區的：tshī-khu--ê，公車。
7. 延延：iân-tshiân，拖延耽擱。
8. 袂輸：bē-su，好比、好像。
9. 擋袂牢：tòng-bē-tiâu，忍不住。
10. 大漢：tuā-hàn，長大。

9
Huè

電頭鬃

我無錢電頭鬃，毋過我選這步。

　　早前散食人的囡仔鉸屎礐仔頭 [1]，厝裡較有的囡仔就會鉸有拍層的披頭，抑是電一粒香菇頭。我是屎礐仔頭彼國的。除了無錢，閣有一个歹勢講予人知的原因，就是生蝨母 [2] 的頭鬃愈短，愈簡單，愈好。

　　嘛毋知當時去予人穢 [3] 著，害我有兩三冬，定定予阿媽掠來用蝨篦 [4] 捋蝨母。逐擺頭著愛向欲半點鐘久袂當振動，閣袂當出去耍，頭殼疼，心嘛足酸。毋過，著內傷的是，生蝨母無自尊。彼當陣佮同學耍，攏會掩掩揜揜，驚予人看著蝨母爬出來，共我恥笑。閣驚去共人穢著會歹勢，嘛毋甘別人佮咱全款艱苦。捋蝨母彼半點鐘內底，看蝨母一隻一隻若麻仔跋落桶盤 [5]，驚伊爬出去，阿媽會叫我緊共揀 [6] 予死。定定是桶盤若噴血的命案現場，蝨母著銃身亡，予人碎屍萬斷。我攏聽聲就知影佗一隻食有飽，好命上西天，佗一隻是準備欲做枵死鬼。

　　我驚我的腦髓會予蝨母欶一下焦去，無張無持就變戇。我驚讀入頭殼的冊，會曉唱的歌，會曉寫的字，會予蝨母咬甲無無去。阿公逐擺攏共阮兜的神明講：「予容仔勢讀冊，勢大漢。」敢是欲大漢就愛比人讀較濟冊？人讀一本，我愛讀兩本，我一定欲讀比蝨母咬去的較濟。好佳哉，

我驚惶的代誌攏無發生。我無變戀呢！虱母是愛欶血，無愛欶腦髓。我生虱母閣家庭散較輸人，毋過讀冊贏足濟人，就較無人會嫌我生虱母，抑是看阿母掃街仔路無起。

　　彼時代逐家虱母穢來穢去。若有人來問我功課的時，是毋是頭㾵傷倚，我的虱母有蹽過溪？若有，就誠失禮，我嘛無法度呢！我若像勢讀冊，就開始對未來有期待，向望家己內才佮外才攏愛好才會使。我就想辦法，欲佮虱母拚輸贏。彼陣有兩个佮虱母相戰較粗殘的步數，有人澍[7]規罐的「必安住蠓仔水」共毒，我驚臭蠓仔水味，拍死毋用。有人講電頭鬃會當共虱母電予死，就若像予虱母坐電椅，共伊判死刑。我無錢電頭鬃，毋過我選這步。

　　我是阮巷仔上勢讀冊的，西姆仔央我去教個孫，逐擺會予我十箍。我儉到一百箍的時，就錢紮咧招二姊去憲德市場趖，揣著一間較俗款的美容院。阮佇門口躊躇一下，就行入去問價數[8]，妝[9]甲誠妖嬌的頭家娘講電一粒七十，看阮啥人欲電。錢是我儉的，毋過，我佮二姊穢來穢去，電一个會無彩錢。我目屎含佇喉裡，一直拜託頭家娘算較俗咧，兩粒一百，無蚼[10]無要緊，只要共虱母電予死。伊看我目屎流目屎滴，講半賣半

相送，閣交代阮愛定定洗頭才會清氣，蝨母才斷
會離。三點鐘後，阮變做兩蕊會笑的香菇。

1. 屎礐仔頭：sái-hàk-á-thâu，髮型如馬桶，即現代妹妹
   頭。
2. 蝨母：sat-bó，頭蝨；蝨子。
3. 穢：uè，傳染。
4. 蝨箆：sat-pìn，細齒梳。
5. 桶盤：tháng-puânn，盤緣高起，像桶子的盤子。
6. 揀：tàng，用指甲掐入。
7. 濺：tsuānn，噴灑。
8. 價數：kè-siàu，價格。
9. 妝：tsng，用脂粉修飾容貌。
10. 虯：khiû，蜷曲。

10
Huè

獎 學 金

我無意中發覺，獎學金正確的名稱是「清寒優秀」，
毋是散就會使，愛足優秀。

　　我的四秀仔錢[1]大部份是家己趁來的,我捌綴二姊做苦工擘蝦仔、擘蒜頭、紩手橐仔[2]。毋過,我有另外一个用頭殼趁錢的撇步,就是去教西姆仔個孫數學。逐擺伊攏會提十箍予我做所費[3],我會抾轉去予阿公,有當時仔阿公會叫我家己囥咧,有當時仔伊會收起來,應該是去買長壽的抑是新樂園的薰,抑是去買便藥仔[4]腦新、五分珠佮王將一陣風,嘛可能是等我領獎狀,欲焉我去食麵的開銷。

　　我自二年的開始,就一直考第二名,到三年的時,老師予我申請獎學金,有七十五箍的佮百二箍的。申請單仔頂懸攏有「清寒」兩字,就是「散食」的意思。拄開始感覺歹勢歹勢,驚予人看著,後來就慣勢矣,因為嘛毋是逐工填單。四年的分班了後,我竟然開始考第一名,閣因為我知影「貧」佮「貪」字的無全,大大方方上台寫予同學看,嘛去比賽寫作文,全無散食人的新婦仔款。我閣會攑手講想法佮問問題,比論講「蕹菜」欲按怎講。老師派的功課,我嘛認真寫。有一工我無意中發覺,獎學金正確的名稱是「清寒優秀」,毋是散[5]就會使,愛足優秀。後來我盡量去看「優秀」彼兩字,心情就較快活。

　　厝裡散,食會飽就萬幸矣,哪有可能栽培甲

偌優秀？拄好阮蘇老師教阮『見賢思齊，見不賢
內自省』，我感覺足有道理，就若雷達全款，掃
看得人疼的同學有啥物撇步，遮學遐學，目標就
是欲「有夠優秀」通領獎學金。我驚輸人，學甲
嘛綴人去蘇老師遐補習，好佳哉我有貧戶證明免
交補習費。我有認真讀，無辜負老師。毋過才一
個月，同學問我講哪會無交錢，我就歹勢閣去矣。

　　四年的彼當陣的獎學金有較起價[6]，變做兩
百箍，五年的閣衝甲三百五。因為我五年的編入
去桌球班，拄著查埔老師佮我較袂親。嘛可能是
我自細漢無老爸，對查埔老師攏有一種毋知欲按
怎講話的疏遠。五年的第一學期我因為功課好，
猶有獎學金通領。毋過到第二學期，我開始重朋
友，老師有淡薄仔誤會講我愛耍[7]。彼擺老師考
阮運動埕走兩輾，我煞綴一陣神經線臨時斷去的
查某囡仔伴，慢慢仔行，予老師足受氣。我自細
漢規工拋拋走[8]，運動神經袂穤，體格足好，誏
跤閣拚勢，逐擺走運動會，攏嘛走第一，領彼本
頂懸有頓「獎」字的簿仔，交功課用彼本偌煬[9]
咧。彼擺我那行那不安，嘛知影做毋著代誌，毋
過就是無勇氣用走的。彼學期體育破紀錄著「乙」
的，賰[10]的科目全款攏「優」的，致使無法度申
請「優秀」獎學金。提著成績單，足見笑，足艱

苦。毋是提無獎學金的問題，是人生無法度重來，到今猶足後悔。獎學金無趁著，毋過我趁著愛聽心內的聲，人生的路愛用家己的速度行。

1. 四秀仔錢：sì-siù-á-tsînn，零用錢。
2. 紩手橐仔：thīnn tshiú-lok-á，縫手套。
3. 所費：sóo-huì，花用；花費。
4. 便藥仔：piān-ioh-á，成藥。
5. 散：sàn，貧窮。
6. 起價：khí-kè，漲價。
7. 愛耍：ài sńg，愛玩。
8. 拋拋走：pha-pha-tsáu，四處亂跑。
9. 煬：iāng，神氣。
10. 賰：tshun，剩餘。

11
Huè

鐵 枝 路

鐵枝路的閘欄若阮籠仔內遮的艱苦人的城門咧。

　　前一站仔對臺北轉去後頭厝高雄，閣刁工去
坐臺灣第一條輕便捷運，伊的路線就是順凱旋路，
過前鎮加工區，迴到高雄港，綴舊的鐵枝路[1]起
的。阮兜倚籬仔內彼站，遐是高雄的東南爿，有
較偏遠小可，會當有電車經過，會當佮繁華的市
區督脈相連，我這个故鄉變他鄉的人，雖然罕罕
仔[2]才坐一擺，毋過足歡喜的！只是，佇我的心
內，這條鐵枝路是哀悲濟過歡喜。

　　鐵枝路的閘欄若阮籬仔內遮的艱苦人的城門
咧。若欲去市區攏愛切過伊，才接一心路出去。
定定是實樸的公車、機車佮跤踏車擋佇鐵枝路頭
前，聽候一節一節載原木疊甲懸懸懸的火車經
過。因為載傷重，火車的速度煞比自輪車較慢。
佇遐等的人分兩派，一派是滿腹心酸往西，趕欲
去加工區上班，共厝鬥趁錢的，另外一派較有才
情往東，趕欲去市區讀冊的，攏愛耐心等待若龜
咧趖的火車盪過。都等甲咧欲盹龜矣，有時陣閣
愛目睭金金[3]看火車倒退攄。有夠凝。

　　等都咧等矣，等甲傷無聊，我會算看躼躼
長的火車有幾節，仙[4]算都算袂煞。心思有當時
仔就會四界飄咧飄咧。攏凝心的記持啦！我定定
想著鐵枝路底高雄港邊的舊厝。阮蹛苓雅寮油桶
遐，一間總鋪，一間灶跤的破柴厝仔。我出世四

個月大的時，阿爸就破病過身。一人一家代，了後遐的伯仔姑仔，就罕得插阮，阮的死活恰個攏無底代。目瞤看火車，想著舊暦，煞閣想著大伯，因為伊佇鐵路局做官，二伯開鐵工場蹛別莊[5]，大姑開簐仔店[6]，二姑蹛南亞宿舍，三姑佇左營做老師，阮爸仔是屘囝，上尾仔出世，上代先過身。敢是趕欲揣內媽？阮內公、內媽攏是大家族的人，攏有一塊仔。內媽過身的時，阿爸才十四歲，聽暦邊西伯仔講，大伯個共財產占占去，無人管這个小弟。我想著阮阿爸少年就無爸無母，中年三十九歲就破病轉去，放二十八歲的阿母拖四个囝仔，伊佇天頂敢會安心？遐的好額人伯仔姑仔，毋管阮的死活，就像彼台火車，值錢的柴箍載咧走，做[7]伊駛，做伊行，毋管柵欄前的艱苦人，逐工拍拚求無一頓飽。

阮兜散赤，毋過阿母飼著四个好囝。兄姊攏國中出業[8]，就去加工區做電子趁錢讀冊。尤其是二姊，國小畢業隔轉工，就去前鎮的餐廳洗碗，本底是拍算無欲予讀國中。伊蹛佇遐袂當轉來。我足想伊的，就偷偷仔騎跤踏車去揣伊，鐵枝路一下仔斜入去臺糖，一下仔斜入去南亞，我過一擺鐵枝路就摔一擺，那騎那流目屎。欲暗仔欲轉來，閣拄著加工區下班，四界攏車，無予人軋[9]

死是天公伯仔 [10] 有保庇。就按呢，摔來摔去無共
我摔昏去，是共我摔予醒：我無欲像遮的女工，
一世人跋落這條無勝利的凱旋路。

♪
語
詞
註
解

1. 鐵枝路：thih-ki-lōo，鐵軌、鐵路。
2. 罕罕仔：hán-hán--á，偶爾、難得、久久。
3. 目睭金金：bák-tsiu kim-kim，睜大眼睛。
4. 仙：sian，無論怎樣都……
5. 別莊：piát-tsong，別墅。
6. 簐仔店：kám-á-tiàm，雜貨店。
7. 做：tsò，任由、儘管、只管。
8. 出業：tshut-giáp，畢業。
9. 軋：kauh，輾。
10. 天公伯仔：thinn-kong-peh-á，老天爺。

12
Huè

和諧人生

我的人生猶是追求一个無拄恨、
想好無想穩、啥物攏原諒的和諧。

拄著啥物人，發生啥物代誌，有啥物看法，對咱的一生有誠大的影響。

大人上驚少年的拄欲轉大人開始「亂愛」，就發明對小學五年仔編班，共查埔查某分開的撇步，存範欲予逐家做和尚佮尼姑的款。毋過，我拄好予人編入去查埔查某濫一班的「phín-phóng班」。到今，猶想無哪會揀著我。揀著矣，就順運命來行。結果，阮五六年仔讀兩冬落來，攏無發生啥物大代誌，干焦捌流行「啥人愛啥人」。有亂配，無亂愛，有烏白配，無烏白來。

我白肉底[1]，同學就配一个肉上烏的予我，講按呢以後結婚濫一下拄拄仔好，袂傷烏嘛袂傷白。敢是欲叫阮變出一隻臭殕色的鳥鼠仔？我實在無佮意彼个人，毋過我毋敢抗議。過兩禮拜，同學好耍閣插牌重配，講我躼跤，愛配一个跤上長的。這擺閣較衰，去配著一个我上討厭的人，功課穤、孽骨閣臭屁。我隨變面[2]。個只好一禮拜內予我改嫁，另外揣一个功課好、勢演講閣緣投的人予我，理由嘛會笑死人，講我是查某的5號，愛配伊查埔的5號，叫做五福臨門。歹運的著龍眼，好運的著時鐘，配著這个我有夠歡喜，有偷偷仔笑。毋過，才子無佮意我呢！這擺有緣無份，予我細細漢仔，就體會著愛情袂當勉強的

道理。

　　畢業了後，這个「王子級」的書生，去市內讀國中。風吹斷線，無閣聯絡。人王子呢，哪有可能會欲和我這個「火烌姑娘」、「穤鴨仔瘟」聯絡。毋過我一直誠好玄，遐緣投的人，伊的女朋友是何方的天仙美女？我張伊張到高中聯考放榜，知影伊考牢雄中為止。人我嘛考牢雄女呢！心內想講敢猶有機會？無彩，聽講伊一下放榜，隨移民去天邊海角的阿根廷，攏無消無息。伊應該毋知我遮無聊，一直咧跟伊。

　　查埔查某全班毋是啥人愛啥人，其實嘛有可能會發展出純友誼的兄妹仔情。坐佇我邊仔的「一箍的」佮我上好，我逐擺共烏白配予別班的查某囡仔，伊攏在我滾耍笑，袂受氣嘛袂抗議！佮伊耍攏足歡喜。一直到小學畢業典禮煞彼暗，伊騎跤踏車，來阮兜巷仔尾的空地仔彼枝電火柱³跤，佮以前全款揣我開講。講欲煞，九點矣，伊驚厝裡的人揣，欲轉去矣，伊講有重要的代誌欲共我講，我閣笑笑共耳仔挼予長長，目睭褫甲大大蕊，準備欲斟酌聽。想袂到……

　　「其實我無佮意恁配的彼个……。」

　　「若無，你佮意的是佗一个？」我好玄共問。

　　「是你！」伊用兩倍緊的速度講出喙，人就

隨 phiu 咧走。

　　我驚一下袂赴反應，伊閣比我較驚。我愣[4]佇遐，目睭看伊拚勢騎跤踏車，騎甲歪膏揤斜。

　　一直到國中開學了後，阮攏無機會解說，佇學校影著，攏緊閃，閣無講話。伊可能感覺我無講話是無佮意伊。其實我是感覺會歹勢，咧等伊開喙。少年的袂曉處理，我失去一个上好的朋友足無彩。毋是因為恨，是因為愛，敢是閣較無彩？就按呢，小學無正常的朋友嘛無矣，正常的嘛無去矣。

　　彼時代國中攏共查埔查某囥無仝班，毋過我讀的瑞豐國中，拄仔好是全高雄市唯一的「男女合班、正副導師」的新學校。雖然是男女合班，毋過我讀的「才藝班」較成查某班。才藝班是抾一寡佇小學有參加過文藝比賽閣有著等的人。我會當入去彼班，是因為我的作文有著等，閣是兩冬攏有著等的合唱團員。一般來講，查某的較文、較恬靜、較文藝氣，所以阮班才七个查埔的爾，明明是查埔的煞予阮號做「七仙女」。有影，佇查某國無人會共個當做查埔的來看。

　　十三歲拄好是掠袂牢、管無法的國中生。拄著好的老師誠重要。我這个散食囡仔心內其實誠自卑，毋過會當變甲不止仔有自信，是因為導師

攏無嫌我散，閣定派工課予我做，我攏共做甲好勢仔好勢，無予伊煩惱。伊定呵咾我，我就愈來愈有信心。伊足疼我。彼當陣學校的老師開補習班無犯法，誠濟人會綴家己的老師補。阮兜連食飯都無矣，哪有法度補習？阿兄和二姊較歹運，去拄著現實閣看個無的老師，無予人疼惜的歸屬感，就無力通讀冊，兩个攏對一年仔的特優班讀到三年仔的普通班。大姊是閣佇次優班。我是文藝班讀了，合唱班，紲落去去讀特優班。其實我無比個較巧，我只是較好運去拄著誠好心的導師。

　　我這馬攏無阮國中一年的鄭莉蘭老師矣。伊教國文，拄好我文科的成績足讚，可能是「月圍箍效應」，伊對我的期待足大。看著我的數學無穩，小可仔危險，閣無錢通補習，就用下課的時間，叫我去伊的辦公室寫數學。我已經袂記得寫啥物題目，毋過，一直記咧伊教我計算紙的用法。彼擺，伊提一張白紙出來，叫我算題目予看，我共紙接過手，筆攑咧，相準正中央欲寫落去，伊隨輕聲仔共我擋牢咧，教我愛對角仔開始寫才袂討債。喔！原來欲做老師著愛按呢，愛做一個知影順序佮規矩的人。伊的愛心改變我的性命，我知影我是有人愛的，我嘛愈來愈認真讀冊。了後

做代誌會替鄭老師想，就無國中生的懵懂[5]。我知影愛一个人是願意予伊時間，閣教伊一世人用會著的習慣。

佇國中一年這冬，閣有幾件代誌對我的影響足大。第一件是確定家己對英語的興趣。會記得小學六年仔的後學期，因為知影欲讀國中矣，進前定定聽大姊講英語足重要，我家己就提筐枋[6]後壁的二十六个字母，綴咧描，綴咧寫。彼字 g，我仙畫都畫袂婿。我先想著李仔糖，毋過按怎攎都攎袂好勢。閣想著一个人跪佇遐，按怎跪都怪怪。一直到國中入學，老師一下教，我就學著矣，揣著答案的感覺足歡喜的。閣可能我小學有練過合唱團，音感較好，人足煩惱的 KK 音標，我感覺足好耍，學甲足歡喜。老師唸英語，我就學伊的聲。我無錢通補習，就參考冊加寫寡，逐學期寫兩本半。老師上課教的我斟酌聽，伊問的問題我嘛無咧驚，考試定定提懸分，閣定定和同學講英語，烏白鬥亂使講嘛笑詼甲。

誠多謝天公伯仔，予我語言的興趣佮淡薄仔天份，語言的表現毋是干焦國文佮英語好，我閣誠愛寫作文，有上台講話發表的機會，老師攏呵咾講我講甲袂穗。同學嘛足愛我起去台仔頂講話，聲不止仔好聽，閣有夠大聲。閣因為我自五

年仔看著《安徒生童話》了後，開始愛看冊，講話算有內容閣若咧講故事咧。我國中一年的時，閣開始佮意看純文學的散文，上台講話佮發表，對我來講變做誠樂暢閣誠期待的代誌。後來，我才知影有足濟人一世人攏足驚上台。

彼陣無臺語，我看的第一本散文是林良（筆名子敏）的《和諧人生》，冊名就影響我一世人矣，「和諧」嘛成做我的人生觀佮價值觀。規本冊咧講啥物，早就袂記得矣，毋過有兩句話有共我療傷著。第一句翻做臺語是「忍耐就是袂當急欲發作」，我就較靜心去看代誌，對人有尊存，做代誌嘛較有耐心，凡事會想一下，袂心狂火熱。第二句是「爸母先走無要緊，人總是愛走，你只是比人較早獨立」，我就決定無欲閣怨嘆我自細漢無老爸，顛倒去珍惜提早獨立過日子的好處。我攏是利用放學的時間看彼本冊，足濟人佇運動埕拍球，我就一个人覕佇邊仔的停車場，借斜西的日頭光，坐佇跤踏車的後格仔覓看。

後來，有一个足愛看冊的查埔囡仔想欲逐我，阮開始寫批做聯絡。我 23 班，伊 21 班，會熟似是因為伊佮阮班的「七仙女」之一是五甲國小的同學，放學排路隊的時會招我開講。有一工，伊先拚轉去五甲騎跤踏車，才算準我咧欲行

到厝矣，對巷仔口綴伫我的後壁，節好時間，佇
阮兜門跤口共我叫牢咧。手提一張心理測驗的單
叫我寫，講明仔載才來收，後日才予我結果，按
呢就攏總有三工，會當單獨見面的機會。足巧的
著無？後來伊閣愈巧，伊第三工毋是用喙講測驗
的結果，是用寫批的，閣攏會留一兩條仔問題欲
問我。照正常的反應，咱會想欲回答，就按呢一
直來來去去寫批回批，一寫就是三冬。我會佮伊
寫批，是因為伊的筆力[7]有夠，講話有內容。伊
足愛看冊，所以我《和諧人生》看煞了後，就開
始佮伊比賽看冊。

　　我無錢通買冊，攏嘛放學了後，騎跤踏車
去菜市仔口的立益冊局，徛咧看免錢的。本底頭
家是懷疑我欲做賊，後來看甲頭家都捌我，閣會
刁工欲佮我開講，有當時仔會問我手裡的冊咧寫
啥，我會講一擺予伊聽，這款共一本冊用兩分鐘
講煞的任務，我共當做訓練口才。我攏看甲七點
才轉去厝食暗頓，一工看兩點鐘。彼段寫批、看
免錢冊的日子，應該是我國中的時期上快樂的代
誌。我閣想講大漢欲開一間冊店，家己會當一直
看冊，抑是予人來我的店看冊。

　　我佮伊通三冬的批。國中二年的時，我讀合
唱班，伊讀樂隊班，二年的時，阮攏讀特優班。

畢業了後,我讀雄女,伊讀雄中。我對伊足感恩,因為佮伊寫批、比賽、讀冊的結果,提昇我的文筆佮性命層次。一世人想起來攏誠甜蜜。毋過,伊去讀雄中了後,鳥仔放出籠,聽講一下仔就和私立高職的查某學生咧交。我這款閉思的讀冊人,哪比會過會妝會嬈的姑娘?我無予伊解說的機會,嘛無揣伊理論,我感覺伊不忠嘛無佮意我,袂當原諒伊。我有讀冊人的骨氣,無就無矣,而且國中彼三冬,阮嘛無注文阮是查埔查某朋友啊!一直到 2016 年我辦雄女三十年的同窗會,順紲問一寡老同學,有我這个「筆友」的消息無,心內有準備毋管按怎欲去揣伊,閣欲慎重共說多謝。毋過,探聽著拄一冬前伊心包油[8]雄雄過身矣。彼暝我真正睏袂去,嘛真正流目屎。隔轉工,我走去共土地公拜拜,那流目屎那講出我對伊的思念佮感恩,拜託土地公一定愛照顧伊。雖然三十三冬無聯絡,毋過,伊一直活佇我的心內。

　　我毋是干焦愛上台講話爾,我閣愛上台唱歌。國小五年的時,民歌開始流行,我佮一个大字寫了足媠,全合唱團的同學李淑玲,定定予人點起去台仔頂唱歌。阮的成名曲是〈小雨滴〉,到國中阮全佇才藝班,嘛是定定上台唱予逐家聽。彼冬歇熱,阮有去報名歌唱比賽,比賽的日

子訂佇二年仔開學無偌久，無拄好拄著阮阿公過身，厝裡欠跤手，我就無去比賽。比賽彼工我那燒阿公的銀紙，那想比賽無去。毋過，我無共厝裡的人講。我的歌星夢就按呢無去矣。

愛上台，予人揀出來講話出聲，嘛予我一擺悲慘的經驗，毋過，我到今猶感覺無遺憾。阮這个才藝班逐家成績攏足好，像我第一擺考試第七名，分數佇別班是第一名的額。阮班的第一名，查某的姓陳，都第一名囉，考數學閣偷看冊，予人現掣著。佇遐爾仔競爭的才藝班，當然是袂直矣。導師嘛挲袂平，陳同學就去揣伊補習數學的詹老師來講。嘛毋知是毋是導師的邀請，有一工的第四節課，彼个老師就走來阮班教示逐家。阮這班是才藝班，逐家巧甲，無可能予人會挲頭得，而且是有現掉著的事實呢！詹老師講袂贏逐家，開始起呸面，欲用權威砉阮，大聲喝講：「啥人是老師？」同學真正予驚著，隨恬去。

當伊看逐家暫時恬靜，問講敢閣有話講，若無，代誌就按呢。我的正義感佮戇直就來矣，隨攑手講：「恁毋是攏教阮愛老實，袂當講白賊，是按怎你自頭到尾攏無顧事實？根本就是歹模樣。」我共鑿甲對對對，伊氣一下眿碚碚走來我的位，佇中央這排第四位，目睭青 gìn-gìn 唚聲講：

『你算老幾？』我毋認輸嘛傷老實共應講：『我在家是老么，但講道理是老大。』

我一下講煞，伊就手撐懸懸對我的喉頓[9]大力搧落去。我是乖囡仔呢！我出世到今，毋捌予人搧過呢！逐家這馬是咧論是非呢！伊哪會當共我搧？我目睭瞪甲大大蕊，大聲吼出來。伊嘛氣一下走轉去家己的辦公室。後來阮導師走來安慰我。導師平常時足疼我的，我頂懸講過，我做代誌一定會替伊想，我就看伊的面子準煞。其實，散食囡仔，阿母嘛無法度主張佮抗議，我轉去厝嘛無講，喉頓掩咧，入去房間，繼續寫參考冊。

過無幾工，阮彼个陳同學考英語閣偷看冊，閣現予英語老師當面掠著，伊就閣愈予人看無，愈來愈無人緣。聽講個阿母咧做老師，敢是若無考第一名袂使？這層搧喉頓的事件，對我影響足大。後來我做老師，閣按怎受氣，嘛袂起跤動手[10]，會去顧著囡仔的自尊。若按呢想，予伊搧彼个喉頓，就變做小可仔有意義。

人生啥物時陣欲拄著啥物人，欲發生啥物代誌，若像攏註定好好。讀國中拄著的人，其實這馬攏無佇我的身軀邊矣，袂赴講失禮，嘛袂赴講多謝。遮的人對咱做的代誌，有的人予咱甜蜜，有的人予咱痛苦，嘛確確實實影響咱一世人。其

實，好事穤事逐項有，家己的好穤看法佮興衰定義，才是決定咱一生的悲喜。

國中生是人生的狂飆期，人生無在穤事事如意、日日和諧。到今，我的人生猶是追求一个無抾恨、想好無想穤、啥物攏原諒的和諧。

🎵 語詞註解

1. 白肉底：peh-bah-té，皮膚白。
2. 變面：pìnn-bīn，翻臉。
3. 電火柱：tiān-hué-thiāu，電線桿。
4. 愣：gāng，失神、發呆。
5. 懵懂：bóng-tóng，無知、不明事理。
6. 苴枋：tsū-pang，墊板。
7. 筆力：pit-làt，寫作能力。
8. 心包油：sim-pau-iû，心肌梗塞。
9. 喙䫌：tshuì-phué，臉頰、面頰。
10. 起跤動手：khí-kha-tāng-tshiú，動手動腳。

13
Huè

傷清氣

我心內上大的願望，
是欲愛有一間清清氣氣、有冊桌仔的厝。

愛清氣[1]敢有毋著？我細漢的時，阿公逐個
月會炁我坐 36 號的去後驛[2]的家扶中心領補助。
拄開始是大姊和阿兄的名額，我只是愛綴阿公四
界行。公車坐欲成點鐘才會到，阿公會先佇車牌
仔彼間籤仔店，買一包十二塊裝的牛奶糖仔，予
我拎佇手裡慢慢仔食。我極加去食兩塊，轉來食
兩塊，規路閣會不時用手去摸橐袋仔，看有交落
去無。轉來到厝，我有按算過，攏是賰八塊，才
有法度分兄姊一人兩塊，家己嘛分兩塊。這款習
慣，到這馬，我若有物件就會慢慢仔食，有錢就
會儉儉仔用。

後來家扶中心徙位，阮換坐 47 號的去中正
高工跤球場遐領，彼當陣就變做我佮二姊的名
額，因為大姊和阿兄超過國中就袂當閣領矣。遐
的領養人，攏是金頭毛的，到今相片閣佇咧。毋
捌見面，有感謝無感情。我報恩的方式，是這馬
嘛有長期領養兩个家扶中心的囡仔，我注文[3]欲
飼臺灣囡仔，雖然我細漢接受外國人的愛心，毋
過，我愛臺灣，我欲共愛心留佇咱的土地。

我毋是大學一出業教冊趁錢就開始領養，因
為我一直無法度諒解當初阮上欠冊錢的時，家扶
中心一擺的家庭訪問了，就共阮切斷支援。阮心
內知影愛家己栽一欉，袂當予人救濟一世人，嘛

知影世間閣有比阮較艱苦的人，毋過，佇我欲升國中一年彼冬，二姊升國中三年，大姊和阿兄才拄去加工區做工，閣愛讀補校，閣愛還欠人的錢。閣我國小六年的彼冬，阿母的胃著重病，一直呼噎仔[4]，昏迷不醒，若像欲無效矣[5]，會記得阿公早就叫葬儀社的人來準備矣。伊破病規冬，阮共人借足濟錢。阮，真，正，足，散。

攏怪我款[6]甲傷清氣！我國中開始愛看冊，眼界就無全，開始知影人生會當有夢。小學六年的時，逐擺去同學個兜耍，看人款甲足清氣，爸母攏足勢拍算，我心內上大的願望，是欲愛有一間清清氣氣、有冊桌仔的厝。我就對家己來做起，開始摒[7]厝內。彼改家扶中心通知欲來家庭訪問，我愛面子就大摒掃，摒甲像阮同學個兜全款，物件嘛款甲足好勢。我閣捀[8]茶請人客，彼杯仔攏閣鑢過。

家扶中心的老師嘛驚一趒[9]，呵咾阮足乖，閣問一寡問題。阮這款有志氣的人，攏用上正面的態度，上堅強的意志來回答，像課本教的自立自強。閣咧歡喜家己為厝裡展光榮的時，過無幾工，家扶中心就通知阮講，環境款了誠讚，無欲閣補助我佮二姊。我聽一下愣去，阮當欠冊錢呢！我一直怪家己假勢[10]。這个顛倒害著厝裡的

心事，我這馬才敢講出來。

$\begin{aligned}&\text{語}\\&\text{詞}\\&\text{註}\\&\text{解}\end{aligned}$

1. 清氣：tshing-khì，乾淨、清潔。
2. 後驛：āu-iáh，車站的後站。
3. 注文：tsù-bûn，指定。
4. 呼噎仔：khoo-uh-á，打嗝。
5. 無效矣：bô-hāu--ah，沒救了。
6. 款：khuán，整理。
7. 摒：piànn，打掃、清理。
8. 捀：phâng，用手端著。
9. 驚一趒：kiann-tsit-tiô，嚇一跳。
10. 假勢：ké-gâu，自作聰明。

14

Huè

特優班

我文科的買三本，寫兩本半，
數學佮物理化學買一本，寫無一半。

　　拚聯考敢有遮痛苦？無人逼我讀冊，我只是戀人戀福綴運命行。國中一年的，因為國小作文比賽有著等，閣參加過合唱團，我就屬佇「藝文」專長編入去文藝班。後來一直用考試的分數編班。二年的，編入去合唱班，到三年的，我編入去特優班。三年內讀的班，攏是以升學為主，有上讚的師資，上巧的同學，毋過，照實講，我毋捌特別想欲讀冊。

　　我讀特優班無快樂，因為查埔導師是教物理的，我物理無好，伊叫是我啥物攏無好。彼冬我定定想起我一年、二年的國文導師，伊足疼我，有看著我的才情。三年的這間教室，拄好閣是進前阮一年、二年練合唱的音樂教室，鋼琴無搬走，毋過，已經無歌聲，賰箠仔咧摵[1]肉的聲。我的頭殼是猶停佇唱歌的快樂，逐工心內感覺真稀微，閣無地去共人抗議。我猶是綴運命行，透早七點，上到暗時七點，拜六半工，彼下晡佮禮拜著愛去一間私立的工商，借教室補督學。平常時轉去到厝七點半，飯菜攏冷去矣，阿母會問我愛燙[2]予燒無，我驚阿母無閒攏講免，就清彩扒扒咧，去身軀洗洗咧，鑽入去我的「枋」間讀冊。

　　有家己的「枋」間是國中三年仔唯一的好空。我共阿公講，想欲有一个看冊的所在，拄好彼當

陣伊欲重安神明，伊就量一角仔，用枋仔佇正樓梯跤釘一个總鋪[3]，入口無兩呎闊，我瘦抽型166公分，㧀會入去倚袂起來，一塊釘睚的角花仔的厚美耐仔枋（me-lí-á-pang），毋知欲抾佗，拄好予我鋪咧做眠床。我唯一的家具是一塊呎半懸的低桌仔，跤愛盤（phuânn）咧，坐久會反麻，跤愛躘[4]予直，若像等千萬隻蟲咧共我通血路。桌頂有一支十燭的旭光牌檯燈，水色是我家己去巷仔口的電器行揀的，嘛是第一支屬於我個人的檯燈，點來看冊，足幸福閣會偷笑。閣另外一件幸福的代誌，是二姊國中畢業了後讀補校，日時嘛佇加工區上班共厝鬥趁錢，逐個月會攝[5]一百箍，予我做四秀仔錢。我差不多攏投資佇學校對面彼間雞絲麵擔，寒天想講食燒燒才轉去配冷飯，熱天就啉一杯仔紅茶冰才轉去，因為阮兜無冰箱。其實嘛是儉儉仔用，無法度逐工遐冗剩[6]。

八點到十點，我若無讀甲睏去，就是咧寫參考冊，因為我無錢通補習，大姊有咧上班，阿公過身了後，錢換伊咧管，伊搭胸坎講我若想欲寫幾本，就買幾本。無人共我教，無人共我逼，我文科的買三本，寫兩本半，數學佮物理化學買一本，寫無一半。若忝甲睏去，定定會發生一款代

誌，當個三个讀夜間部十點外轉來，大姊攏會先佇門口，喝我去共园戶模[7]的枋仔，通予伊的機車擄入來，莝厝裡較袂予人偷牽去。我若無應，伊會共機車停好勢，入來罵我。誠濟擺，我予伊叫精神，煞若起童[8]全款，一直背英語，伊就毋甘閣罵我，伊驚我讀甲頭殼秳秳[9]。我真正毋是刁工的。厝裡的人，逐家無閒，無人插我是毋是讀甲起痟矣。

7月初八、初九兩工是高中聯考，大姊愛上班，透早共我載去前鎮高中的考場擲咧，約好中晝會送便當來予我食，就叫我靠家己囉！國三的時，阮導師無特別倍意我，因為我數學佮自然的成績一直足穩，伊毋知我的文科足強，所以我嘛無倍意伊。其實我家己嘛無信心，毋過我猶原好好仔共考予煞。

7月23下晡放榜，看著我的名佇高雄女中彼格，煞戀戀問大姊講：「這間敢好？」大姊笑笑講：「是上好的呢！」無兩工就接著成績單，是雄女無毋著。彼冬題目較活，我的英語、國文、社會科提欲滿分，數學佮自然煞提無一半。

彼个佮我做伙上台唱歌，足勢寫大字的李淑玲嘛著雄女，伊就和個爸仔遠遠對瑞隆路，提一張伊親筆寫的「金榜題名，高雄女中」的紅紙，

來貼佇阮兜門口正爿的柱仔。伊看著[10]比我較歡喜，伊若像較了解考牢雄女的價值。

我猶是綴運命行，都報名矣，我嘛閣去考五專。我上想欲讀英語，毋過愛去楠仔坑讀。我公車坐傷久會眩，五專的冊錢閣傷貴，閣聽講無制服愛款足濟嬌衫。我嘛想欲做老師，毋過屏東師專考無牢，英語干焦予人扣兩分，98分嘛無效，我的數學佮自然無藥醫矣。我嘛有考牢雄商，人講三冬後就會當去上班，共厝裡鬥趁錢，毋過彼陣36號的公車比47號的較歹等，我驚上課會袂赴。就按呢，我決定去讀高雄女中，因為「俗，近，坐車袂眩」。

厝裡無人讀高中，歡喜金榜題名了後，無人知影愛按怎為高中做準備，我嘛無錢補習。規個8月，我逐工睏甲過中晝，睏飽飽毋過無通食飽飽，三點就去國中拍球，所以我到高中閣大兩公分。拍球嘛熟似袂少青春少年兄。有一个「變速車男」，隔冬的歇熱我去小港中國鋼鐵工讀，伊拜六透中晝，騎變速車去接我，才載我去大統迌食物件，後來伊去讀軍校，到我大學閣小可有聯絡，後來就斷音訊矣。這就是人生。伊8月炎日透中晝，拍拚騎車載我的誠意，我只有感謝，嘛共記到今。大姊彼陣佇幼稚園上班，我若無去拍

球，就是和大姊騎伊彼台 Vespa，去高雄戲院看二輪的電影。若拄著日頭傷炎傷熱，阮會覕佇青紅燈的蔭影下跤。佇戲院吹冷氣，一睏看兩片，攏是欲暗仔較涼矣才離開。

毋管日時無閒啥，我全款六點半會走去冊局看冊，八點半才轉去我的「枋」間寫日記！看冊佮寫日記彼我特優的，攏免人逼喔！

語詞註解

1. 揲：tiàp，鞭打處罰、修理。
2. 燵：thīg，再次加熱。
3. 總鋪：tsóng-phoo，通鋪。
4. 躘：liòng，掙扎。
5. 攝：liap，省下來。
6. 冗剩：liōng-siōng，寬裕。
7. 戶模：hōo-tīng，門檻。
8. 起童：khí-tâng，起乩。
9. 頭殼祓祓：thâu-khak phuàh-phuàh，腦筋打結。
10. 看著：khuànn tiòh，看起來。

15
Huè

我這隻戇斑馬

戇戇仔做是我的個性。

雄女佮雄中的感情私底下應該是誠讚，阮同學的兄哥足濟攏是雄中的學生，佇厝裡應該袂相對頭[1]，同學內底彼陣就幾个仔有雄中的查埔朋友，嘛有人出社會了後，嫁予雄中的，翁某會當佇故鄉高雄做伙拍拚，予人足欣羨[2]。

毋過，佇我高中的時代較捷聽著的，是雄中的同學會恥笑阮雄女是「斑馬」。因為阮的制服自頭到尾穿起來足成[3]的：烏頭毛、白 siat-tsuh、烏長裙、白襪仔、烏皮鞋。閣有人講阮的烏長裙規定愛過跤頭趺，賰一塊仔跤肚，看起來若短跤馬，應該是較成古早時代的『始祖馬』。這个詞這馬用文音共華臺對譯一下，「Sí-tsóo-má」聽起來不止仔有力閣恐怖。彼陣的文學青年讀的是《未央歌》、《野火》、《紅樓夢》，無人會想著臺語，我家己嘛無想著。阮這屆開始揹桃紅仔色的冊包，雄中的天才，就隨共阮的冊包變做一隻古錐閣肥肥四角形的「始祖馬」。後來讀大學，雄中雄女所組織的「雄友會」，桃紅仔色的始祖馬比斑馬較時行。

阮這屆除了揹紅冊包，閣有一個改寫歷史的紀錄，就是雄中雄女第一屆大露營。毋過到今罕得聽講有因為彼改露營結連理的。彼當陣聽講雄中有流傳一个足現實嘛足實在的講法，「欲要

揣三信的，私立高職較熱情；欲交女朋友揣文藻的，五專較會妝；欲娶某揣雄女的，頭路好閣較顧家」。我後來看雄女的校訓，才知影是『敦品勵學、忠勤嫻淑』，我一直叫是干焦「忠勤嫻淑」這四字，因為彼四字誠特別，記較會牢。所以，我高中有「忠勤嫻淑」無計較閣骨力做，有「敦品」，就是無「勵學」，成績就塗塗塗，對頭前讀甲後壁去。

阮同學一个比一个閣較巧[4]，我是真正對高中一年就戇戇，其實是厝裡無人讀高中，環境無熟。歇熱大姊陪我去雄女報到，閣買制服、冊包、運動衫、烏皮鞋……，閣有到今猶綴佇我的身軀邊的文馨英語字典。我體格瘦抽[5]閣白肉底，制服穿起來隨有大人款，逐軀都婧，我這隻戇斑馬的青春歲月就按呢開始。

　　第一工去新生訓練就戇戇吼出來。我編佇一年十四組，無半个捌[6]的。學姊問講中晝啥人欲訂便當，我有攑手，毋過感覺怪怪，哪會無來收錢。我想講可能一手交錢一手交貨。到中晝，阮這款第一志願學校的大部份是厝裡送飯來抑是紮便當，遐的有攑手的毋知走去佗。十分鐘後一人揤一粒便當轉來，我一下問才知影，個姊仔讀三年的教伊愛家己走去合作社買，拄才的統計是欲予頭家做參考的爾。我緊走去合作社。賣了矣。我共講我有登記嘛無法度。我忍楦轉去教室，我的第一个朋友，講伊自細漢攏是爸母送飯來學校，攏攢傷濟，講我若無棄嫌，共賰的食予了。高中當勞食，楦雞無惜面底皮，我目屎那流，真正食甲清氣唥唥。

　　戇戇仔做是我的個性。國文老師講逐工考兩首唐詩、背十頁俗語，到今閣誠好用。是按怎英語老師無規定阮背字典？我國中的英語足讚，毋過到高中拄著六七倍的詞量煞烏有去。教官看我體格好，聲音響亮，叫我去指揮防身術佮軍歌，我就戇戇仔替學校提著冠軍，以後就變做奢颺的司儀佮大禮堂的司令官，全校攏愛聽我的口令徛予正。人講雄女的儀隊足有名，我有予人揀著，嘛戇戇仔綴咧練一冬。只是6月教官知影阮兜

散，問我救國團有工讀的名額，看我歆熱欲去中國鋼鐵做散工無。我嘛戀戀仔答應，所以就無法度參加儀隊歆熱的集訓。等欲開學進前，主任教官就揣我去做雄女第一屆的糾察隊『小紅帽』的總隊長，我嘛是戀戀仔做甲削削叫。人叫我去演講比賽我嘛戀戀仔去，聲緣好，毋過去抽著我上無愛的政治題目『香港問題之我見』，閣千里外遠的香港咧？若予我抽著咱臺灣、較生活、較文學、較哲學的，我應該會著前三名。老師派我去比籃球、排球、跳遠、跳懸、擲鉛球、擲壘球我嘛戀戀仔去比，人選我做班長、做啥物長我嘛戀戀仔接受，巧巧仔完成任務。按呢無計較就訓練出十八般武藝，糊里糊塗就予人選做模範生，畢業閣著「服務獎」。

這款戀直古意的個性，實在足好央教[7]，規個頭殼就是想欲共代誌做予好勢，閣會隨時報告進度、反映問題、尊重民意，做甲比老師想的閣較濟，閣較好勢。老師攏嘛放心仔共代誌交代予我。人講教官足歹，毋過阮雄女的教官，毋管是查埔的主任教官抑是查某教官攏足疼我，尤其是我一年的導師郭幼萍教官，對阮全班若家己的姊妹仔咧。我畢業閣有去考軍校，想欲佮個全款，大漢欲做教官，自細漢就想欲做老師的心願就暫

時囝咧。喔！其實，我上想欲做的是電視台的新聞主播。只是高中三冬共當做咧讀大學，抑是若上班咧，足無閒！根本無「勵學」。我閣毋是天才型的，文的讚，毋過數學三冬內底才考過一擺六十分，閣是全班上低的。我國中的英語足好，高中煞愈讀愈無分，嘛去了了[8]矣。好佳哉天公伯仔安排我讀成大的外文系夜間部，我的英語才家己閣補[9]倒轉來，嘛了解英語的趣味佮語言的邏輯。我高中三年的國文一直攏沖沖滾，作文定予老師呵咾。雖然我照分數排志願，大學無讀中文系，毋過，我一直足感謝我的國文老師張月雲女士，伊實在古錐閣趣味，上課若咧搬戲[10]，家己會笑甲歪腰，予我感受著伊對文學的熱情。到今我毋管教英語、教臺語，我攏用生活化的講法予學生理解，應該是我戀戀仔學伊的模樣佮理念，學久佇語言這條路有變巧。

1. 對頭：tuì-thâu，意見不合。
2. 欣羨：him-siān，羨慕。
3. 成：sîng，相似。
4. 巧：khiáu，聰明、技術高明。
5. 瘦抽：sán-thiu，身材細瘦、高挑。
6. 捌：bat，認識。
7. 央教：iang-kah，差遣、受託辦事。
8. 去了了：khì-liáu-liáu，完蛋了。
9. 補：póo，修治破損的事物。
10. 搬戲：puann-hì，戲、表演。

16
Huè

會變佮袂變的朋友

人生不時咧變化，阮的生活攏會變，
毋過，阮是感情袂變的好朋友。

　　「變」是世間永遠「袂變」的真理。人生有變化，才有趣味。人嘛愛綴環境來改變想法佮做法。高中二年的時，導師期末欲寫評語，毋知是貧惰抑是出奇招叫全班對寫，人寫我「動如脫兔，靜如處子」、「外柔內剛」，有影呢！到今猶是。我講話會當輕聲細說，毋過若欲大聲，丹田[1]嘛足有力；這馬講笑詼，嘛會當紲落去討論嚴肅的議題；我愛覕咧看冊，毋過嘛會當比籃球、排球、跳懸、跳遠、鉛球、壘球逐項會。按呢會使幼秀恬靜[2]，會使大方活骨的個性，佮查某的、查埔的攏誠好鬥陣。雖然雄女的查某同學感情誠讚，毋過，論真來講，查埔的心若像較闊，較好鬥陣，嘛較免驚去得失[3]著。

　　除了我家己的純友誼的查埔同學，嘛有阮大姊的朋友變做我的朋友。個攏是敲電話揣[4]無大姊，才順紲佮我開講，共我當做家己的小妹。其中有一個是澈底變做我的好朋友，三十幾冬來攏干焦和[5]我聯絡。伊做甲校長、處長，我是綴袂著伊的教育跤步佮地位啦！毋過，阮逐擺見面攏佮以前全款講袂停。

　　有遮爾好的朋友，愛感謝阮姊仔跋一倒。伊讀二專夜間部一年的時，拄失戀，十點放學騎機車對武慶路轉來。遐當咧挖路，路燈無著，伊

閣規頭殼咧想失戀的代誌，煞騎甲跋落溝。高雄師範大學三年的梁大哥，挂家教了欲轉去學校經過，好心共阮姊仔送轉來。到位的時，我當咧看皮爾博士的《人生的光明面》，看甲傷入迷無先去洗身軀，雄女的衫猶穿咧。聽著生份人的聲，我就緊傱[6]出去。伊看我手裡提彼本冊，講伊頂[7]禮拜嘛挂看煞，閣講欲共另外一本《心像》送予阮。伊驚阮姊仔失戀想袂開，就定定敲電話來探看伊的心情。阮姊仔了後行出暗影，照常日時上班、暗時上課的生活，閣四界無閒，嘛無機會佮伊開講。顛倒是我攏佇厝裡，電話攏我咧接。伊嘛是散赤家庭大漢，一直講我讀雄女無簡單，我嘛會趁機會問伊讀高中考大學的鋩角，阮誠有話講，就沓沓仔變做好朋友。我去臺南讀大學的時，伊佇雲林教冊，閣專工騎機車來看我。我畢業欲考偏遠地區的老師，伊下班騎來教我一寡觀念佮撇步[8]，才閣暗眠摸騎轉去雲林。我去南投考試彼工，伊閣請假來現場加油，比阮兜的人閣較照顧我。伊是我的貴人，因為我做老師了後，才真正感覺家己毋是貧民矣。

後來伊娶某蹛[9]嘉義，我嫁翁徛臺北。人生不時咧變化，阮的生活攏會變，毋過，阮是感情袂變的好朋友。

♪ 語
詞
註
解

1. 丹田：tan-tiân，人肚臍下面一寸半或三寸的地方，
   指氣力。
2. 恬靜：tiām-tsīng，文靜。
3. 得失：tik-sit，得罪、冒犯。
4. 揣：tshuē，尋找。
5. 和：hām，與、跟。
6. 傱：tsông，慌亂奔忙。
7. 頂：tíng，前面的、上面的、先前的。
8. 撇步：phiat-pōo，好方法、捷徑。
9. 蹛：tuà，居住。

17

Huè

服務第一名

佇高中，學校的廣播不時都聽著我的名，
若像足奢颺。

能耐、能客、能分享。每個人都應
該好好地度過一生以報答世界。就
在我們可以做一點有益之事的地方
發光吧！

——王薈 客

　　來讀高雄女中的人攏是逐間國中的前幾名，攏足勢讀冊。我成績比人袂過，就共「著全勤」當做誓願。哪知擋到高三，大姊佇頂學期阮校慶彼工結婚，我做班長煞請假落跑，全勤的夢嘛去了了。我共婿衫紮咧，透早先去學校無閒，倚十點才換衫請假出去，導師無法度理解講我哪會無走[1] 袂使。我共解說講阮兜散赤，無親情[2]，阿母較袂曉，足濟代誌攏嘛愛阮兄弟姊妹仔鬥相楗[3]。阮兄哥是厝裡唯一的查埔人，佇臺北做憲兵無法度轉來。教育局的阿舅、阮阿母、二姊閣我攏總才四个人，新娘桌[4] 嘛坐無一半，我敢會使無去？全勤獎無去，我比人較毋甘呢！

　　全勤都無去矣，後來天公伯仔就規氣共我舞予澈底。高三的後學期，二姊的耳甕仔[5] 孵膿，耳空後脹甲若欲磅開[6]，隨緊急去蹛院開刀，醫生巡房的時共阮講：「差一屑仔[7] 腦膜炎無命去。」媽祖有保庇，媽祖有保庇。我請規禮拜的假佇病院共顧。去捾燒茶的時，我節無好，倒手的五肢指頭仔閣去予滾水燙甲膨疱。我想講二姊予人劃一刀一定閣較疼，我干焦向望二姊會當較緊好起來。

　　大姊袂當來病院顧二姊，因為伊嫁佇足庄跤，無機車就若無跤，閣拄著無埋解、嫌阮厝散、

愛人奉待的大家官，講話三角六尖，毋予伊出門。家己揀的無法度。後來我知影伊予人苦毒[8]甲誠忝，後頭厝這爿無人會當共主張，伊閣有身[9]矣，無米兼閏月，厝破拄著雨漏！伊會揣機會敲電話予我，攏那講那吼。我才十七八歲爾，想欲救伊嘛無法度。我攏恬恬仔聽伊講，無，就陪伊吼。阮嘛夗勢共教育局的阿舅投，閣大家苦毒新婦嘛毋是有公親就會使解決的，阮兜無錢的事實敢有法度改變？阿兄是厝裡唯一的查埔人，毋過減大姊兩歲，出面嘛無人欲信篤[10]。逐擺大姊吼吼咧攏講：「無要緊，袂當怨嘆。」

高三彼冬阮閣搬厝，因為阮彼條巷仔的厝，有四份一欲敲掉重起。當同學咧無閒準備聯考，我煞咧無閒搬厝的大細項工課。我盡量放學了後，強迫家己去民生路的市立圖書館的地下室看冊。退的位有夠夗揣，人攏櫼甲滿滿滿。便所踮佇正中央，臭味有夠重，鼻仔捏咧嘛著去。我毋是天才閣傷慢覺悟，高三才欲讀嘛袂赴矣。阮這屆閣拄仔好用舊教材，紲落就是新教材，逐家當然拚性命填志願，照以前我上無會當吊車尾讀私立的，毋過彼冬我名落孫山。

全勤無過，放榜無名，畢業有領著彼張服務第一名，表示我業命。佇高中，學校的廣播不時

都聽著我的名，若像足奢颺。毋過，大學考無牢足見笑，我咧流目屎敢有人知影？我感覺是見笑第一名！

♫
語詞註解

1. 走：tsáu，跑、離開。
2. 親情：tshin-tsiânn，親戚。
3. 相楗：sio-kīng，互相支持、幫忙。
4. 新娘桌：sin-niû-toh，喜宴中新娘新郎坐的那一桌。
5. 耳甕仔：hīnn/hī-àng-á，耳咽管。
6. 磅開：pōng--khui，炸開。
7. 一屑仔：tsi̍t-sut-á，一點點。
8. 苦毒：khóo-to̍k，虐待。
9. 有身：ū-sin，懷孕。
10. 信篤：sìn-táu，相信。

18
Huè

第一條胭脂

讀大學閣有一件歡喜的代誌，
就是會當妝予媠媠。

我十八歲彼冬「重考才考牢夜間部」，足見
笑。後來阮辦高中畢業三十冬的同窗會，才知影
袂少同學重考。有驚新舊教材勉強填志願的，有
像我無吊著車尾的，嘛有堅心想欲讀國立的。原
來是按呢喔，莫怪逐家無聯絡。十八歲彼年，我
感覺讀夜間部猶是矮人一節。這馬五十歲袂矣，
知影人生，就袂按呢想矣。

我對讀大學這件代誌並無特別歡喜，因為讀
夜間部無光彩。毋過我誠感恩有學校通讀，好佳
哉猶有考牢夜間部。我報名的時拄著貴人，我問
講：「乙組和丁組有佗位無仝？」伊講：「丁組
讀商的，數學愛較好。」我一下聽著數學愛好，
隨決定報乙組。重考若閣考無牢，我已經拍算欲
去加工區做女工，袂使閣考矣，一世人的命運絕
對會無仝。總講一句感謝天公伯仔有保庇。

夜間部聯考的隔轉工，想講可能嘛考袂牢，
會當直接去加工區趁錢矣，我就去二姊的公司允
頭路[1]。閣因為二姊咧欲結婚，我嘛想欲趁寡錢，
買一跤手指送伊，嘛想欲趁寡家己的所費[2]。加
工區的工課誠簡單，毋過坐規工誠忝[3]，除了去
便所佮中晝歇半點鐘，愛規工坐咧工作線。免動
頭殼、全款的動作，做一工就熟手。我印象上深
嘛感覺上稀微的是，公司規定做工就是做工，工

作線袂當食物件，上班時間每一秒攏愛做，逐家就趁十分鐘歇睏去放尿，覕佇便所食早頓，閣驚袂赴，吞足大喙，哺足緊的。我嘛綴咧按呢。可能有加吞兩滴仔目屎。

　　二姊用伊彼台新的 YAMAHA 八十仔，載我上下班。規條凱旋路攏是車，攏是臭油煙味，少年男女攏無青春的笑容。臭油煙直衝對我的面來。紅燈暫停落來，ián-jín 當欲起行，這敢是我欲過的生活？夜間部放榜有我的名，數學真正連低標都無，毋過文科的分數足懸，好佳哉我報乙組，若無真正愛去做女工矣。我女工做一個月，領會著薪水就走[4]矣，因為準備 9 月中欲去讀大學。

　　同學惠虹隨報我講，大統百貨公司對面新開的電影戲院的咖啡廳有欠人，我就下晡四點到十一點佇戲園遐絞果汁、做卵蜜汁、捲霜淇淋……學袂少撇步。閣聽頭家講個小妹身體無好，是因為明朝的時，個這馬規家伙仔是全一个土匪仔陣，搶劫、刣人、放火逐步來，有一个冤魂揣到這世人，共個小妹的三魂七魄提一魄去。我聽甲會起雞母皮。我嘛想講萬幸，人捌講我是仙女下凡來渡人，嘛有人講我是清氣命，我應該自信我的三魂七魄攏佇咧。雖然有錢趁，一來大

學欲開學矣,二來按呢的頭家無善根,閃⁵較遠
的較好。我想欲走!

　　來戲園看電影啉咖啡的人攏有笑容,有影比
加工區遐的女工較歡喜。我嘛感覺佇遮較趣味。
若看著緣投的,我會共霜淇淋加捲一層予伊。嘛
有人客為著欲看我,來買兩三逝的,毋知有食歹
腹肚無。佇遐我做十二工,算準符合會當領錢的
日數,紲咧隔工大學開學,我就辭矣。加工區一
個月佮這十二工的薪水,扣掉手指的錢,有夠我
去大學食一個月。我知影,我佇大學一定愛像兄
姊全款,日時趁錢,暗時讀冊。而且,一開學著
愛揣著頭路。

　　夜間部的新生9月中就開學,日間的是等查
埔的10月中對成功嶺落來。我揹一跤袋仔貯兩
領仔衫和簡單的日用品,一領棉襀被,佮未來的
同學建妃約好佇高雄車頭相等,才做伙坐火車去
臺南。佇自強號的車頂,伊講個讀陽明醫學院的
大兄,看伊欲去讀大學,目神足認真送伊「自我
教育」四大字,閣講大學就無人管矣,欲變做啥
款,欲有啥物未來,愛家己計畫佮自我栽培。我
想講讀醫學院的在穩較巧⁶,我就共彼四字記佇
頭殼。

　　讀大學會拄著足濟佮以前無全款的經驗。有

人講免佮爸母蹛較省人管，我一世人自由自在，無予人管的問題。有人講愛家己洗衫誠麻煩，我本底就定定家己洗衫，無差。有人嫌三頓食學校會厭瘴，哪會？個毋捌枵過。逐工有菜有魚有肉，俗閣大碗。我感覺看著青春佮希望。

彼陣流行講大學愛修四个基本學分，就是學業、社團、愛情佮家教。我準備欲自我教育，後來有影攏有修著。我外文系讀甲足歡喜，因為「免閣讀數學」矣，「免閣讀數學」矣，「免閣讀數學」矣，真正是天公伯仔上大的赦免。社團我無欲像高中做風雲人物，我驚落第，就走去覕佇合唱團。愛情是一入學，因為生甲不止仔婿，成大工程的科系較濟，查埔查某是七个比一个，機會比去海沙埔扶著海螺仔殼較大，無偌久就有人逐矣。家教是為著欲趁三頓有通食，我先走去圖書館登記工讀，10 月就開始佇工科研究所做小祕書矣，逐禮拜有一兩工欲暗仔[7]就去做家教。真正有足濟代誌無全，無法度一項一項講予清楚。總講一句，讀大學是誠歡喜的代誌，會當趁錢飼家己，會當讀文學，會當交著無全的朋友，毋管是去工科所、去航太所工讀，我攏拄著足濟足巧閣對我足好的人。閣會當談戀愛，只是我一入學就予這馬的翁逐[8]著，無佮別人，有淡薄仔無彩。

　　對我來講讀大學閣有一件歡喜的代誌，就是會當妝予嬌嬌。我出現的畫面是騎跤踏車，瘦抽躼跤、穿長裙，長頭鬃隨風飛，紅喙脣白肉底，面仔笑笑，目睭微微，喙齒閣足嬌……。聽人講的，毋是我家己號的，嘛有可能人咧滾耍笑的，人攏叫我『小美人』。我有一項做美人的祕密武器，就是開學進前，二姊馱我去百貨行買送我的資生堂，我的第一條胭脂⁹。

語詞註解

1. 允頭路：ín-thâu-lōo，找工作。
2. 所費：sóo-huì，費用、花費。
3. 忝：thiám，疲累。
4. 走：tsáu，離開。
5. 閃：siám，躲避、避開。
6. 巧：khiáu，聰明的樣子。
7. 欲暗仔：beh-àm-á，傍晚。
8. 逐：jiok，追求。
9. 胭脂：ian-tsi，口紅、唇膏。

19

Huè

美麗的天使

當青春閣第一擺談戀愛，
我當然是美麗天真，目睭閣無夕人的天使。

~ 美麗的天使 ~

　　大姊嫁矣，阿兄退伍矣，二姊嘛嫁矣，我已
經去臺南讀大學矣，新厝起[1]好蹛半冬矣。我是
禮拜有閒才會對臺南轉去厝裡。

　　佇遮我愛交代一下仔舊厝敲掉重起的故事。
起厝是大工程，嘛是阮家己第一擺搬厝。逐家招
欲起厝的時，阮猶細漢毋捌，是大姊趁機會，爭
取共厝過予阿兄。阮的錢干焦有夠稅一間房間家
己蹛，三舅仔、四舅仔毋才順勢搬轉去嘉義。新
厝起好，阮兜變成真正是阮兜，是我較佮意的單
純。

　　阮爸仔民國 18 年出世，三十九歲過身，外
公、外媽就搬來和阮蹛，通共阿母鬥相共。外媽
民國前 6 年出世，七十二歲過身，外公民國前 8
年出世，七十九歲過身。民國 61 年我五歲的時，
苓雅寮欲起油桶，厝予政府徵收去，外公就焦阮
搬來籬仔內崗山仔中街遮。因為外公、外媽佇
咧，阮遐的姨仔、舅仔會來阮兜。大舅蹛嘉義市，
高中畢業，佇彼个時代是懸學歷，毋過伊選擇去
印刷廠做工，誠無彩。娶著喙利閣勞跤的大妗，
對大家官[2]不孝，後來聽講大舅連退休金都予印
刷廠騙去，詳細的情形是按怎我無了解，毋過彼
陣我粗粗感覺是報應。大姨蹛民雄磚仔窯，大姨
丈後來中風，個足疼阮，細漢我綴阿媽去嘉義定

定去個兜食火雞肉。二舅綴阿公學漢醫，毋過外口有細姨，和細姨蹛樓仔厝，後來佇中正公園賣包仔，放軟洸[3]的二姊系五个囡仔蝹蹛台斗街的枋仔厝。二姨自細漢予人，嫁來高雄。阮兜蹛崗山仔中街，個兜蹛南街，敢若咧做木[4]抑是開木材行，平常時無交插，連阿媽、阿公過身佇阮兜辦，伊蹛遐爾近嘛無來，我無了解是毋是冤仇結誠重。三姨就蹛佇二姊的隔壁，毋過，我去嘉義遐濟擺毋捌看過，到今二姨和三姨我閣毋知個生做圓抑扁。聽講三姨嫁了無好，予人離緣轉來，若像精神開始出問題，無欲插人，我毋捌看過，嘛毋捌聽過有人起痟[5]大喝的聲，更加無印象阿公、阿媽有過去共伊看無。到底是按怎，我細漢毋捌、好玄過。三舅無娶，對伊的印象是停佇伊足勢講古[6]，逐擺暗頓食飽，阮會花欲叫伊講古，到這馬，我已經袂記得伊講啥物內容，因為毋是重複的歷史故事，攏是伊家己編，閣會綴阮問的問題改變的劇情，阮攏聽甲信信信。閣來是阿母，細漢查某囡，古意閣條直，二八歲守寡，彼時當婿，有人叫伊改嫁，伊毋就是毋。阿母後壁是上細漢閣上了尾的四舅仔，奸巧、無老實、工課無穩定閣會共人騙。總講一句，阮阿母這爿嘉義人，有讀冊，選毋著工課，足巧，足散。

　　阮阿爸彼爿的親情攏佇高雄，過了足有，伯仔、姑仔財產攔了了，本底表兄、表姊嫁娶閣有相揣，抑是有當時仔會送阮舊衫穿，後來就攏無消無息矣，閃阮閃甲離離離。

　　因為阿公、阿媽佇咧的關係，阿母這爿佮阮較有聯絡，毋過，無半个仔好好仔有孝阿公、阿媽的。阿母真正勢，家己一个查某人，飼囝閣飼爸母。阿媽過身的時，阿公有主張，無人敢假痟[7]。阿公過身的時，四个阿舅佇門口就起冤家[8]，後來聽講棺柴是葬儀社捐的。彼篏四舅仔，共歪腦筋動去欲賣阮這間厝，實在有夠酷刑，攏無管阮的死活。這間厝嘛毋是三舅仔的，是芩雅寮予政府徵收去領的錢，等於是阿爸放予阮的。嘛毋知啥物原因，可能是欲申請貧民袂當有厝，所以阿公就共厝登記予三舅仔。本底阿公佇咧無代誌，阿公出山埋好才隔轉工，四舅仔就擦叫三舅仔賣厝。可能是厝裡的媽祖、太子爺有保庇，三舅仔毋知佗位來的道德勇氣，共講當初買厝毋是伊的錢。詳細的情形我嘛無啥知，最後是阮大姊佮個佇退仙抃仙。四舅仔就離開高雄。三舅仔彼段時間就改賣捏麵尪仔[9]，伊有講古的想像力，嘛可能有天份，我真正感覺伊捏甲誠婧，我有當時仔會那看那學。伊閣蹛佇阮兜四、五冬，　　直到阮

阿兄去做兵，因為欲起新厝，大姊毋知按怎撨的，有一工大姊就叫阿兄轉來去代書遐過戶。厝起好愛納五十萬的貸款，可能三舅仔納袂起，嘛可能是伊感覺愛共厝還阮。三舅仔就轉去嘉義，阮兜就變做小家庭，嘛真正變做攏無親情矣。

我佮二姊、阿母三个人搬厝、稅厝、起厝、入厝，拄好舞冬半，生活佮心情足無安定。是袂當牽拖啦！毋過，搬厝、入厝嘛有可能是我兩擺日間部大學攏考無牢的緣故。搬出去的第一冬是高三下學期欲聯考，搬轉來是拄好第二冬欲重考，厝裡的代誌敢會使免做咧？我實在足無想欲轉去十九歲。

總講一句，我十九歲實在是活甲誠慘、誠痛苦。去到大學，我才開始過新生活，9月開學，11月去工科研究所周教授遐做助理，一工八點鐘，一個月三千箍，一點鐘十五箍，我嘛是照做，因為有三千箍就袂枵死，會當活命較重要。時間攏縛牢咧，我只好用上班的時間學拍字、學電腦、看冊，遮的工夫有影比三千箍較價值，一世人用會著。12月阮系所的研究生，招我去對面的水利研究所拍乒乓欲牽紅線。1月、2月規陣人定彳亍工招欲食火鍋、食宵夜，欲予阮培養感情，3月初八第一擺單獨兩人出去虎頭埤耍，到4月27

我滿二十歲，我食著這世人毋捌想著、目睭毋捌看著、20吋的雞卵糕，頂懸閣有寫字『給我美麗的天使，祝生日快樂。』正是我這馬的翁送的，我大學一年，伊研究所一年，伊是我的初戀。當青春閣第一擺談戀愛，我當然是美麗天真，目睭閣無歹人的天使。毋管按怎，彼粒雞卵糕代表我痛苦的十九歲已經過去。

語詞註解

1. 起：khí，建造、搭蓋。
2. 大家官：ta-ke-kuann，公婆；丈夫的父母親。
3. 軟汫：nńg-tsiánn，個性軟弱。
4. 木：bàk，木工。
5. 起痟：khí-siáu，發瘋。
6. 講古：kóng-kóo，說故事。
7. 假痟：ké-siáu，行為過份。
8. 冤家：uan-ke，爭吵。
9. 捏麵尪仔：liàp-mī-ang-á，捏麵人。

20

Huè

免驚

有淡薄仔錢毋是干焦袪枵腹肚爾，
會當自信閣勇敢過生活。

我二十歲開始有家己的收入，生活精彩閣無閒，正港變做大人。

因為我毋驚艱苦，我確定這世人袂去枵[1]死。佇工科所做工讀生，算算咧一點鐘才十五箍，我嘛照做。因為時間攏縛佇遐，我想欲兼家教來補添，毋過逐工下晡五點才下班，六點半愛上課，閣一禮拜有兩工的欲暗仔佇合唱團唱歌，若無共這个了錢的工讀辭掉，無成大學生的生活。雖然遐的研究生佮工友攏對我足好，毋過無走袂使。我閣誠有良心，等共一場三工的國際研討會辦煞，才開喙辭職。

我頂真閣會交代得，周所長足毋甘我走。上尾彼工，伊交代所有的研究生焉我去勝利路上讚的西餐廳『五克拉』食牛排，個講毋捌看老師遮有手請人客，進前工讀生來來去去，無人有呢！真正天落紅雨，老師閣撥工來餐廳會阮。進前伊可能捌共師母講我欲辭職的代誌，閣勞動師母來苦勸我。彼改我食著第一盒進口的糖仔，毋過我無改變心意。儉儉仔用[2]，三千箍是有法度得，毋過，規工縛佇遐，對愛四界學習的大學生來講，足無彩性命。我是蓋好參詳的人，毋過這擺我決定矣。其實我足驚紲落去會無頭路，連三千箍都無是欲按怎過日子？阮兜有予我註冊錢就袂穩

矣，生活費愛我家己趁，我無可能共厝裡伸手。彼陣大姊有予我一跤伊結婚的時人送伊的手指，交代講無錢會當提去當[3]。我會毋甘，我嘛毋知佗位有當店，嘛無可能予家己散甲著愛當金仔。

免驚，天公伯仔有保庇，拄好有一个學姊共我介紹英語家教。一個月後，另外一个學姊閣共我介紹去航太所做小祕書，逐一個月全款是三千，毋過一工干焦去兩點鐘就會使，算起來一點鐘有七十五箍。一暝仔[4]薪水跳五倍，閣比彼當時上好趁的加油站加五箍。有夠感恩的。

進前有人招我去加油站，毋過我自細漢就足驚臭油味，拍死都毋去。嘛有人招我去餐廳捀盤仔，毋過我感覺彼無學著物件，工讀嘛愛有學習較好。我較愛做文的，76 年 9 月拄開學，有去市議員服務處拗選舉的宣傳單，10 月到隔年 3 月佇工科所做半冬，趁著一個查埔朋友，就是這馬的翁。欸！嘛有可能是無趁倒了一世人！4 月開始做家教，4 月底我記甲足清楚，是我生日彼工去航太所面試，有影是上好的生日禮物，5 月初一就開始上班。趁濟趁少爾，其實我攏無闐縫。航太所一直做到 80 年 12 月畢業的上尾學期，因為我想欲規心準備 81 年 4 月欲考的研究所。佇航太所這三年八個月，我攏掛做家教，去外文系

語言中心顧擔，嘛去語言補習班教英語，因為我
佮意教冊，家教的囡仔嘛攏有進步，食好鬥相報，
一个介紹過一个，袂當講趁甲油洗洗[5]，毋過真
正有儉一寡錢。

我真正免驚這世人無錢通趁。小學二年仔就
去西姆仔個兜家教，四年的就半暝三點去冷凍廠
擘蝦仔，佇厝擘蒜頭、穿電子、紩手橐仔，閣三
不五時有獎學金通趁，高中一年的歇熱就去中國
鋼鐵工讀，讀大學進前做過加工區電子公司，賣
過果汁、霜淇淋，大學拗過宣傳單，我趁無濟，
毋過天公攏無予我枵著。因為有這个信念，所以
我若像無咧驚，大學的時欲用的冊，該買就買，
結婚的對象嘛袂去揀好額[6]散，結婚了買厝嘛是
大膽共買落，生囝嘛共生落，囡仔欲用的嘛勇敢
共開落。毋是冇手，是該儉的儉，像儉佇穿，因
為阿母賜我白肉底閣好體格，免抹粉，衫等拍折
才買，抑是去菜市仔買『Ａ檔』的貨！嘛儉佇用，
我足惜物，一項物件攏會當用足久。

我認為有計畫閣有意義的工讀，才會當磨練
意志佮累積智識和能力。我工讀學著的工夫到今
攏閣足好用。閣一步影響一步，我佇工科所學英
語拍字，所以才有資格去蹛航太所，佇遐啥物都
足先進，我學會曉用 IP 發 email，學會曉毋是用

123

注音拍字，學會曉拍工程公式，學會曉啥物叫做論文的結構閣其他的學術工夫。戲館邊倚久，袂曉歕簫嘛會曉拍拍[7]，影響我堅心欲讀研究所，洗清大學考無牢的見笑。我英語、中文拍字佮排版的訓練，佇咧寫外文系的報告攏提足懸分，閣有共阮查埔朋友的論文鬥拍字著，閣去教個師母呢！

我袂足好額，毋過儉儉仔開，免驚橐袋仔袋磅子。佇我二十歲這冬開始交往的查埔朋友，伊研究所畢業，毋過驚我予別人奪去，就留佇學校做研究助理。到我五年的時，阮參詳伊出一萬，我出五千，做伙儉佇我的口座[8]，以後通買厝。佇我畢業典禮彼工的下晡，伊就趕火車上臺北，欲赴隔轉工正式上班。阮透中晝佇宿舍的門口，無浪漫的辭別，干焦一聲「再會」爾。伊去臺北食頭路，我佇臺南繼續準備 7 月底欲考偏遠地區的英語老師。嘛真正好運，去予我考著。真正無閬縫，8 月初一就開始領政府的薪水，我攏無彼款畢業揣無頭路的驚惶。阮的薪水家已發落，做伙儉的彼十幾萬，後來提出來結婚佮辦桌[9]，真正是有夠拄好。紲落來欲買厝一定閣有辦法，免驚啦。

咱毋通講趁錢鬆，愛儉寡錢較有安全感佮

志氣，我嘛體會著查某人愛經濟獨立，才會當家
己發落佮主張，像參加活動、買詞典、買機車、
買冊、買婿衫、四界食臺南的點心……。有淡薄
仔錢毋是干焦袂枵腹肚爾，會當自信閣勇敢過生
活。我知影人生有考驗，毋過我相信家己是正港
的天公仔囝，只要有善良的心，肯拍拚，啥物攏
免驚！

1. 枵：iau，餓。
2. 儉儉仔用：khiām-khiām-á-iōng，節省花用。
3. 當：tǹg，拿物品去抵押以借貸錢財。
4. 一睏仔：tsit-khùn-á，一口氣。
5. 油洗洗：iû-sé-sé，外快很多。
6. 好額：hó-giàh，富有。
7. 拍拍：phah-phik，打節拍。
8. 口座：kháu-tsō，帳戶、戶頭。
9. 辦桌：pān-toh，辦酒席。

21
Huè

英國文學

我感覺上課若咧聽故事，逐篇攏足精彩。

　　我一入大學，就有女聯會想欲培養我接會長。因為高中耍了傷過頭，大學考爛去，我想欲重新做人，就無答應。會記得 9 月開學的第一个的暗暝，放學行佇成大的光復大道，我那流目屎那立誓：一定欲讀研究所。講都咧講，入學了後開始無閒[1] 戀愛、社團、工讀佮家教。課業上重的三年的，嘛是上好耍、上無閒的。佇合唱團我做 Alto 女低音的領導，佇系裡嘛三不五時參加活動。無閒是無閒，我的功課閣顧甲袂穩，因為我上課攏足斟酌聽，連一寡營養學分共同的科目我嘛無落勾[2]，可能予聯考驚著，大學就毋敢放放放[3]，成績當然就袂落氣。

　　我上課認真，儘量無偷走書。欲暗仔我會先去合唱小屋練唱歌，才牽跤踏車過地下道去上課。若加唱一段小可仔延著，我全款是懸踏鞋[4] 硞硞硞踏入去坐踮頭前。老師看著我，敢若足歡喜，若救兵來矣，我坐好了後，攏用足想欲學的眼神看伊，伊問問題我會應，有袂曉的我閣會攑手問，手閣無停一直咧寫筆記。阮外文系的大科目是西洋文學概論、英國文學史、英國文學、美國文學、語言學、莎士比亞，有人感覺足痛苦，毋過我攏上甲足歡喜，因為我感覺上課若咧聽故事，逐篇攏足精彩。我特別愛五年的時聽趙默教授的莎士

比亞，看老先生迷醉佇悲劇、喜劇、十四行詩內底，足感動的。伊第一節課講莎劇內底「人無完全好，嘛無完全穗」，叫阮用多元的角度看人生。這對我的影響足大。

大學三年彼冬，阮男朋友研究所畢業，伊驚我予人奇[5]去，決定欲留佇成大做研究助理，伊定定駛車去海邊仔做海湧的研究，駛車的技術較熟矣，就鼓勵我嘛去考駕照。我的教練拄好是伊租車的車行頭家，因為佮伊有交情，對我較袂邀歹聲嗽[6]，嘛有可能是我的運動神經讚，反應緊，才罕得予伊罵。有一兩擺仔車失火[7]，伊有講較重的話：「上蓋重要是 khu-lá-tsih[8] 啥。」我感覺這句是誠好的啟示，叫咱人生愛家己有站節[9]。我一擺就考過矣。會曉駛車，世界就無全，阮就會當去較遠的所在耍。我後來嘛報幾若个學妹去遐學，聽講攏予教練罵甲哭甲。阮大姊彼年嘛搬來臺南，姊夫有車，我嘛鼓勵大姊去學。伊報早班的，我就去教練場共伊鬥顧囡仔，了後才趕十點去航太所工讀。我會炁去臺南公園抑是成大的校園耍，騙囡仔比讀英國文學的責任較重，會使講是彼站仔上忝的代誌。是我報大姊去學，我定著愛保證伊考會牢，媒人包入房閣愛包生呢！

佇遮我愛小煬[10]一下，阮英國文學老師足

嚴，分數拍足低，毋過我報告著全班上懸分 81
分呢！同學攏足欣羨。我感覺家己有通過伊嚴格
的品管，嘛閣較有信心去準備考研究所。

語
詞
註
解

1. 無閒：bô-îng，忙碌。
2. 落勾：làu-kau，遺漏。
3. 放放放：pàng hòng-hòng，散漫、馬虎。
4. 懸踏鞋：kuân-ta̍h-ê，高跟鞋。
5. 奅：phānn，追求喜歡的對象。
6. 歹聲嗽：pháinn-siann-sàu，疾言厲色。
7. 失火：sit-hué，失去動力。
8. khu-lá-tsih：離合器。
9. 站節：tsām-tsat，分寸。
10. 煬：iāng，神氣。

22
Huè

無彩無去

我誠感恩遐的無緣的追求者，到今若想著，
閣有暗暗仔歡喜的虛榮。

無彩無去

畢業的前一冬愛決定後一步,會有茫茫渺渺的感覺。我予家己三條路:考研究所、考老師、做祕書。讀研究所是欲洗清雄女畢業大學煞考甲對夜間部去的見笑,嘛欲補償成績好煞無錢出國的無彩[1]。

成大的查埔學生是查某的七倍,所以免驚無人逐[2];日夜間部的社團攏濫做伙,若莫無自信講讀暗時比人較矮一節,其實生活佮資源無精差[3],顛倒有一項比日間的較好空的代誌。因為成大是工程底,國科會的計畫誠濟,教授誠愛倩夜間部外文系的學生做工讀生,無全系所的同學,線小牽一下,生活中會出現足濟碩士、博士、教授,四界攏看會著研究生,阮同學的男朋友嘛大部份是碩士、博士。久來會感覺講考研究所誠簡單,無去讀研究所會無彩。

我家己一年的時,去工科所工讀的第二個月,人就介紹水利所的男朋友予我矣,所以後來換去航太所做幾若冬工讀生,就無人敢閣逐我。毋過三不五時猶有一寡毋捌的,佇路裡、佇圖書館、佇校園拄著閣想欲逐我的人,有研究所第一名的,有醫學院的,閣有三个教授。後來攏無閣進一步,因為我攏足堅定共人講我有男朋友矣。個感覺無彩,我嘛感覺誠無彩。

　　我毋是現實的人，我戀戀仔綴運命行，戀戀無想遠嘛尊重先來慢到，據在[4]天安排。初戀都平安平安好勢好勢，人嘛無佮咱扯[5]，後壁來的較好嘛袂當跤踏雙船！這馬想起來是縛死家己，尤其後來知影阮查埔朋友佮我咧交往的時，臺北若像閣有一个，我真正感覺無去交別人足無彩。我誠感恩遐的無緣的追求者，到今若想著，閣有暗暗仔歡喜的虛榮。我真心感謝個予我知影家己行情[6]誠好，閣個攏是碩士、博士、教授，予我閣較有考研究所的動力，知影上無愛讀研究所才會當佇社會徛起[7]。所以我的目標變甲足清楚：考研究所，人生才袂無彩。

　　這冬有一件比袂當交別个男朋友閣較無彩的代誌，就是我牽無兩個月的「風速 Alfa 125」，佇航太所的機車場了丫壽[8]的賊仔偷牽去！我鎖兩支大鎖，個就直接用卡車扛轉去，無錄影機，無地掠[9]人。車無彩去，比失戀閣較艱苦，佇成大失戀可能隨有人來逐，毋過彼台新點點的機車無去，報警察嘛逐袂轉來矣。彼是我的第一台新車，我出兩萬二，阿兄鬥出兩萬，攏是艱苦人儉足久的錢。買新的是因為二姊予我的八十仔袂修理得矣，做家教無車閣袂使，想講大台的騎較久，連鞭出業，上班嘛愛用著。新車無去，真正足無

彩。人生啊！配啥物人，有啥物，攏是命。無彩、無去、無彩無去，攏全款的道理！

♫ 語詞註解

1. 無彩：bô-tshái，可惜、浪費。
2. 逐：jiok，追求。
3. 無精差：bô-tsing-tsha，沒差別。
4. 據在：kì-tsāi，任由、任憑。
5. 扯：tshé，切斷關係。
6. 行情：hâng-tsîng，身價。
7. 徛起：khiā-khí，立足。
8. 夭壽：iáu-siū，過分的、惡毒的。
9. 掠：liàh，捕、抓。

23
Huè

無膽佮有心

我會共老師的工課做甲好勢為止，
用兩倍的時間嘛無計較。

人講二三、四歲的查某人上青春。有影呢！是身材、面模仔、皮膚佮頭鬃上婧閣上金滑[1]的年歲。閣因為拄仔好大學畢業，有無限的前程，充滿希望佮活力。毋過，青春換角度講就是幼茈，表示無社會經驗，無夠自信嘛無夠大膽。

我 81 年考研究所就是無膽。毋知是細漢散食環境造成，做代誌較保守，抑是「金牛座」出世就註定的個性，我上愛倚近佮熟似[2]的所在。彼陣阮成大猶無研究所，所以我共地圖掀開，對上近的開始報名。我高雄人，細漢定定騎跤踏車去西仔灣耍，所以考中山大學。阮阿母嘉義人，所以我嘛去考新開的中正大學。阮成大的學姊佇靜宜大學讀，伊答應鬥安排，我上遠就考到遐。較遠的我無安全感，嘛無膽佮人拚，驚北部的無好考，驚家己才夜間部的爾爾。我中山考無牢，中正有去口試，毋過嘛無牢。阮學姊佇靜宜大學攏共我款甲足好勢，連車幫[3]的時間嘛算甲準準，予我足安心，嘛可能是私立的較好考。我就考牢矣。

夜間部的同學出業[4]會想欲先食頭路，我嘛有心理準備，毋過，一直想欲讀研究所，欲為高中的放蕩贖罪。閣我大學工讀的所在，工科所、醫工所抑是航太所，清彩[5]都是碩士、博士，予

我有好樣閣重建信心，共讀冊當做誠四常[6]閣足簡單的代誌。我佇12月辭小祕書的工課，張教授佮王教授足支持我去考研究所，閣較毋甘嘛愛放我走。我佇航太所遐爾濟冬，已經共當做家己的系館矣。辭職了後，顛倒日時規工攏守佇遐的圖書館讀考試的冊，彼嘛是我做人的良心，準備講若新人接手[7]有啥物問題，會當隨時來遐問我。

佇航太所彼四冬，有人笑講我這个工讀生比在額[8]的較認真，雖然我提兩點鐘的薪水，毋過，我會共老師的工課做甲好勢為止，用兩倍的時間嘛無計較。若老師趕欲交報告，我攏全力配合。閣較歡喜的是，我這个工讀生有家己的一塊桌仔佮電腦，這是阮彼个PE2時代的大學生無法度有的設備，佇遐做工課足有歸屬佮尊嚴。航太所閣行高科技，有一站仔我定定替老師發電批去美國佮其他的大學，佇遐用的機器佮輸入法嘛是上先進的。電腦拍出來的文章佮科學公式，攏有夠婿，我家己的英語作業嘛因為版面比人較婿著較懸分。總講一句，祕書的工課予我較有自信，較有膽。老師叫我留落來做聘雇的職員，毋過我想欲讀研究所、考老師，若無，這馬我可能行佇科技的前端，放人造衛星起去天頂[9]喔！嘛無定著會閣較有膽去追求閣較大粒的日頭，閣較有膽航

向宇宙，去走揣心內閣較燦爛的星光！

無膽佮有心

1. 金滑：kim-kut，光亮滑潤。
2. 熟似：sik-sāi，熟識。
3. 車幫：tshia-pang，班車。
4. 出業：tshut-giap，畢業。
5. 清彩：tshìn-tshái，隨便。
6. 四常：sù-siông，時常。
7. 接手：tsiap-tshiú，接替工作。
8. 在額：tsāi-giah，編制內。
9. 天頂：thinn-tíng，天上，天空。

137

24

Huè

霧社的仙女

山頂共我攬牢牢的霧，就是山跤看著的雲，
我是霧社上快樂的仙女！

大學畢業彼年7月我就考牢偏遠地區在額的英語老師。全臺灣省有英語缺的縣市無濟，高雄是阮故鄉，臺北是阮查埔朋友上班的所在，嫁雞綴雞飛，嫁狗綴狗走[1]，準備若考有牢，日後結婚省咧閣調學校。毋過，高雄縣才欲拄一个，臺北縣毋先講，報名的第二工去到位，才知影無缺。這聲欲按怎？我緊敲電話去南投問看有比一个閣較濟無？接電話的人不止仔好心，誠有把握講：「會，兩个。」我就隨坐公路局的，拚去我毋捌家己行跤到[2]的南投，共未來交予運命。

我誠了解家己的命格，一世人會拄著考驗，毋過攏好運拄著貴人，佝我更上一層樓。我報名了閣轉去臺南讀冊，當咧煩惱7月底考試欲按怎去，欲蹛佗位的時，毋是刁工，只是開講，共煩惱講予招我練英語對話的一个航太所博士班的學長聽，伊拄好是南投人，蹛中興新村附近，兄哥、兄嫂是小學的老師。真正好心有好報。我讀外文系，英語比伊較內行[3]淡薄仔，伊招我練英語，我感覺伊有學習的熱情，無半屑仔躊躇就答應伊。這款家婆性就是做老師的個性，到今嘛是按呢。伊嘛無躊躇就叫我免煩惱，閣掛保證講考試、分發、報到，包食包蹛，閣有專人、專車接送。這件代誌了我閣較相信天公疼戇人。

24
Huè
霧社的仙女

閣較好運的是，彼改南投攏總扶八个，我考第八名，當然派去上偏遠的仁愛國中。南投到埔里點半鐘，對埔里閣愛駛一點鐘久的車才會到霧社，閣愛繼續駛十分鐘才到阮學校，就佇欲去清境農場佮合歡山的路邊。南投都毋捌來過，竟然一睏就挕到一千四百外公尺懸的山頂。毋過我攏無想退濟，考會牢較重要。

81 年 8 月初一下早十點報到，我就是在額的國中英語老師矣，表示開始領政府的月俸囉！教務主任看著我，講伊欠一个教學兼設備組長，我無心機隨應[4]好，才知行政人員隔轉工著愛上班。我是來報到爾，想講 9 月才開學，無棉襀被，啥物攏無紮[5]。查埔的主任好心，就駛車載我轉去高雄。講起來嘛笑詼，我到高雄天暗矣，包袱仔[6]款甲足著急，共阿母講我欲去山頂教冊矣，這禮拜無佇厝喔，我緊共對成大宿舍搬轉來的生活用品，閣款去主任的車頂，閣去買一領足厚的粉紅仔色的被，袚輸咧蓄[7]嫁妝，足成欲綴人走。毋過，我無想退濟，就是欲達成隔工隨愛上班的目標。阮兜的人無可能共我鬥搬，阮查埔朋友嘛已經佇臺北食頭路，我干焦會當靠家己！彼个歇熱，感謝足濟南投人共我鬥相共。

第一冬做老師若接行政是攏無休假，彼當陣

140

閣無歇大禮拜[8]。第一个拜六下晡我閣坐車拚轉去高雄，欲款寡物件佮考教育學分的冊。有夠遠的，車坐甲烏暗眩去。另外閣佮阿兄參詳，拜託伊共車予我駛。同事攏講佇山頂無車若無跤。阿兄嘛阿莎力隨答應我。禮拜下早先教我按怎用。我驚天暗，就趕中晝進前出發。有影是戇膽，我大學三年的時提著駕照，干焦駛過兩擺細段仔的臺南市區的路佮花蓮荒郊野外的公路爾，毋捌駛過阿兄的車，毋捌駛過高速公路，毋捌駛過山路，毋捌南投的路，我竟然一个人駛五點外鐘到深山林內。我哪會遐勢？

　　本底是欲駛去山頂，彼擺我差一點仔駛去天頂。差一點仔無命。我上驚的高速公路平安落來，佇草屯小停一下仔予車歇睏，就隨入中潭公路，到埔里閣予車歇一下，看時間袂當延，愛緊入去霧社，若無，三點過規路會罩雾，我一定會駛甲吼出來。彼台車有裝防盜，敢是傷忝？我入山路進前，竟然袂記得開電腦鎖，干焦用鎖匙開門，車會當駛，毋過鎖頭猶是鎖牢咧。拄開始的山路猶算直的，等欲過第一个大彎斡的時，死矣，斡無過，差一點仔衝落去山跤。好佳哉我第一擺駛山路，毋敢駛緊，我掣一趒，隨踏擋仔[9]，規个人拚清汁。我誠冷靜，無叫，無吼，嘛毋知欲吼

141

予啥物人聽，嘛無迌佇迌毋敢駛。我緊開鎖，緊唸阿彌陀佛，無想退濟，就繼續向前行。

天公有保庇，我十八歲答應天公欲做功德，總袂當予我出社會干焦做一禮拜爾就烏有去矣！8月學生猶咧歇熱，我猶未教著英語呢！好佳哉第一个幹就發現，若閣入去就無迌好空，閣拄好有一塊空地仔通伸勻，閣好佳哉對面無來車，若無，我就袂當佇遮寫這篇文章矣。這段用戇膽駛車的驚魂記，真正天公欲留我活命去疼山頂的囡仔。後來我佇山頂，攏嘛用報恩做功德的心來疼囡仔。

學校拄開始安排我蹛舊宿舍，佮一个嘛是新來的賴老師蹛仝間，伊是在地人，我若拜六欲轉去高雄，攏會先幹入去個兜坐一下，感受淡薄仔個家庭的溫暖佮四序。我轉去高雄是為著共阿母鬥款厝，陪伊開講，食一下仔飯。後來，我差不多兩禮拜才轉去一逝，因為嘛愛分配時間予對臺北來看我的查埔朋友。

佇山頂的第一冬有足濟一世人無拄著的經驗。家庭訪問是盤山過嶺，看起來無路矣，阮的原住民主任就是揣有。車駛過牽藤閣足茂足懸的野草埔，若咧拍外國電影仝款。學生歇三工免來讀冊，和家長攏佇部落等老師去。明明看著部落

佇目睭前，毋過煞著愛駛過幾若粒山才會到，每
一秒鐘看山、看雲、看一切攏是全新的體驗，嘛
愈毋甘山頂的囡仔欲讀冊遐艱難。阮有去紅香洗
溫泉，彼是學生平常時洗身軀的所在，閣駛到奧
萬大踮過溪走揣山路，行到武界水庫，暗時就蹛
佇遐，過原住民的生活。阮嘛有去太魯閣族、賽
德克族的合作、靜觀部落，遐佮古早的相片全款
有規排的枋仔厝。家庭訪問了後，我更加疼惜阮
山頂的囡仔，山地原住民的生活比阮查埔朋友平
地的閣較艱苦。看車路就知。

山頂有種水蜜桃、李仔、茶、蘋果、高麗菜，
我逐項都食有著。學生厝裡有種的，講欲請我食，
提來毋是一粒，是規箱。山頂的天氣足寒足冷，
毋過遐的人足熱情。喔！閣有夠勇敢，誠濟學生
足勢掠蛇。有一擺學校趒出一尾蛇，老師走甲離
跤脛，學生就隨變超級英雄。我的第一喙蛇湯、
蛇肉就是佇遐食的。飛鼠嘛有食過一喙。到今攏
閣是第一喙。我的生活猶誠都市款，平常時食學
校的營養午餐，我是果子國的，就拜託埔里的洪
老闆順紲共我捎果子起來山頂，假日就家己煮高
麗菜麵，抑是四界食在地的好料理。

我第一擺的公開演講嘛佇遐，佇拜一週會的
時，我用故事講主題，囡仔聽甲歡喜甲、笑甲，

我才知影原來我誠有囡仔緣，口才閣袂穩，會曉演、會曉喋，閣會曉講故事，講道理嘛誠有系統佮組織。我讀文學佮教學的呢！愛看冊有差喔！連洪校長佮高主任攏叫我以後會當加開幾場。我自細漢就誠慣勢上台，我笑笑講：「好喔！」

遮濟經驗內底，我上佮意的是霧社的霧。下晡兩三點，熱天嘛全款，運動埕正爿彼排樟仔樹就開始覕相揣，倒爿倚山彼面，若拄著櫻花咧開，白白的霧會變做粉紅仔粉紅的婿。霧一步仔一步對運動埕行倚教室的窗仔門，飛入來陪阮讀英語，我定定趁囡仔咧寫字抑是聽錄音帶的時，一个人倚佇窗仔邊，那看紅塗的運動埕變粉柑仔色，變白色，那鼻樟仔芳、茶芳，抑是櫻花芳。我才二三四歲當婿，長頭鬃，長裙，體格瘦抽帶詩意，山頂共我攬 [10] 牢牢的霧，就是山跤看著的雲，當雲飛來我的身軀邊，我就是霧社上快樂的仙女！

1. 走：tsáu，跑。
2. 行跤到：kiânn-kha-kàu，曾走過。
3. 內行：lāi-hâng，有豐富的知識和經驗。
4. 應：ìn，回答。
5. 紮：tsah，攜帶。
6. 包袱仔：pau-ho̍k-á，行李。
7. 蓄：hak，購置。
8. 歇大禮拜：hioh tuā-lé-pài，週休二日。
9. 擋仔：tòng-á，剎車。
10. 攬：lám，擁抱。

25
Huè

排隊

排點外鐘的隊敲電話，阮翁煞佮我講無三分鐘。
這馬想起來有夠毋值。

萬事天安排，毋管好抑穤，攏著等待。輪著無法度閃，猶未到嘛莫踅踅唸。有當時仔免啥拍拚，好運就是好運，有當時仔閣按怎拍拚，無份就是無份。

考高中戀戀仔綴咧考，就牢第一志願，有夠好運。等我去國中教冊陪囡仔拚聯考，才知影欲考牢第一志願是誠無簡單的代誌。佇彼个囡仔足濟、聯考攑甲頭殼強欲破去、刣甲流血流滴的時代，不時嘛聽著有人讀甲頭殼被被[1] 戀去。

大學聯考的時，我是真正戀癮頭，明明知影厝裡無錢，煞無認真拚。考高中的好運是走去覕佇佗位咧？我有考牢三專的世新，私立的、佇臺北，我無錢袂當讀。差一點仔就去加工區做女工。日間部考無牢就去讀夜間部的大學。為著欲拚一口氣，就讀比人較認真。大學畢業彼冬重行好運，考啥有啥。除了考研究所，我知影若欲脫離散食，著愛緊揣著好頭路，袂當貧惰。可能天公伯仔有聽著我的心聲，看著我的拍拚，予我大學畢業隨考牢在額的老師。為著欲調去一般地區和阮查埔朋友全都市，我就拍拚準備教育學分的考試。

放榜彼工的中晝，同事攏接著師大「無錄取」的通知。我哪會無接著？個講自古以來毋捌[2] 按呢，敢會寄重耽[3] 去，叫我緊敲[4] 電話去問。我

想講師大是足頂真的大學，一定袂脫箠[5]，閣等
看覓。有夠歡喜的，我隔轉工收著的是「錄取」
的通知，應該是資料較濟才會較慢到。我破山頂
的紀錄矣，自古以來干焦我是用考的考牢爾！同
事敢會不服[6]？我足骨力讀呢！雖然做教學組長
無閒甲，逐暗攏十點才轉去到宿舍，身軀洗洗咧
就開始讀冊。國文、英文、三民主義是我在行的，
我就共當做準備聯考。我上尾閣用一個絕招，算
是犧牲。為著欲請兩禮拜的婚假通讀冊，我就共
阮查埔朋友「求婚」。我彼兩禮拜起去臺北，伊
厝稅[7]佇師大雲和街。我除了逐工聽江蕙拄出[8]
的新歌〈酒後心聲〉佮〈返來阮身邊〉，上要緊
的工課就是去圖書館看教育期刊。《師友》看久
就變做「師大之友」矣！

　　我自高中就足想欲讀師大，毋過功課穩，根
本是枵狗數想[9]豬肝骨。所以，當我歇熱會當坐
佇師大的教室內底上課，心內激動甲想欲偷笑。
行佇和平東路佮師大路頂懸，偌感恩的呢！我轉
念安慰家己講，教育學分班嘛算是師大的額，閣
是做老師上重要的課程，會當佇師大練功夫，我
無遺憾矣。

　　偏遠地區愛教三冬，我毋是刁工一冬就旋，
是因為欲讀研究所。教冊的所在佇山頂，讀冊的

所在佇海邊仔。歹勢，離傷遠，我無飛天鑽地的工夫。82 年 8 月，我就辦留職停薪去讀碩士矣，嘛才開始享受做學問的趣味。阮新烘爐新茶鈷[10] 分兩个所在，我就用浸佇圖書館讀冊佮寫報告來袂記得孤單。逐暗圖書館關門，我就轉去宿舍排點外鐘的隊，欲敲電話予阮翁，伊煞佮我講無三分鐘。這馬想起來有夠毋值，我彼陣敢是讀甲頭殼袚袚去咧？

1. 袚袚：phuàh-phuàh，腦筋不清楚。
2. 毋捌：m̄-bat，不曾、從來沒有過。
3. 重耽：tîng-tânn，出了差錯。
4. 敲：khà，撥打。
5. 脫箠：thut-tshuê，出狀況。
6. 不服：put-hȯk，不服氣、不甘心。
7. 稅：suè，租賃。
8. 出：tshut，發行、出版。
9. 數想：siàu-siūnn，妄想。
10. 茶鈷：tê-kóo，茶壺。

26

Huè

驚著

我驚伊盹龜,就陪伊講話,
毋過幾若擺煞講甲睏去,予家己的盹龜驚著。

　　落塗時八字[1]命。好歹命應該攏愛有一个生時日月。毋過，我就是無。新曆出世的日子有 24 嘛有 27，以前產婆來厝裡抾囡仔[2]，身份證的日期嘛無在穩準。阮阿母嘛無共記起來。因為按呢，我對國中開始，就足愛看算命的冊，想講敢會當揣著一个較成我個性的「八字」。結果揣無，因為人千變萬化。全時辰生的，有好人，有歹囝。我不得已隨換一个安慰家己的想法：無要緊，橫直天公會保庇我，好心好行[3]，就有通食閣有通穿。免驚啦。

　　無八字通算命，我就看手相佮面相的冊，手痕[4]佮痣攏有伊的命理。我誠好玄[5]，就提冊來對家己的，對甲目睭花花，嘛毋知著抑毋著，因為人生真正是算袂準閣袂準算呢！我掀幾若本手相的冊，會當確定的是我的手心有一个「幸運 M」，想講有好運就好，天公仔囝毋免驚。我照鏡對面相的冊，閣知影我彼粒細漢予人笑甲強欲無自信的「饞食痣」是「食福痣」呢，表示一世人袂枵死，不時會予人請食好料理，閣健腸勇胃毒[6]袂死。有影呢，連學校食物中毒，我嘛好好。

　　無八字害我足驚大漢無法度嫁人，致使人生無圓滿。好佳哉天公伯仔安排甲好勢好勢，去予我拄著一个啥物攏毋驚，無咧看八字的原住民。

我毋是因為按呢才嫁伊啦！是因為我這个都市囡仔，自細漢足欣羨同學作文寫講「轉去庄跤阿媽兜」，我向望蹛庄跤，天公就成全我嫁予庄跤囡仔。知影伊蹛的地號名，我就地圖掀開。喔！喔？實在有夠庄跤，佇東海岸正中央的秀姑巒溪口邊仔。拄著就是命。好佳哉我會曉看面相，確定伊是古意[7]囡仔，而且我有天公保庇毋免驚。

毋過，結婚典禮就共我驚幾若擺矣。人講新郎毋通半路落車，若無會離緣。阮的新娘車欲駛入台11線進前，司機是伊的國中同學，雄雄駛入去加油站，我驚一趒。阮彼个古意翁險欲出去共司機納油錢。我緊共擋咧，佳哉伊有聽我的。

進前伊來高雄落定[8]，乖乖仔用手綴我共神明拜拜，來到花蓮我就綴伊佇教堂阿門結做夫妻。阮的價值觀和習慣足無仝的。無要緊，無啥驚。毋過，一送入洞房，我閣驚著矣，新娘床是舊的借來的。無要緊，庄跤所在，買物較俗，幸福就好。中晝食桌看個食酒的形閣驚著，我無想欲閣講矣！到下晡，若搬歌仔戲的新娘妝，無綵卸妝的家私欲按怎卸？化妝師佮大姑仔攏講等咧就提來，一下等就等到暗時八點，我那等那驚我嫁毋著人。隔轉工，我毋知個的風俗會去海邊仔掠魚，新娘等無翁，我驚講海邊仔危險，驚我第

二工就守寡。伊規工無消無息，欲暗仔才轉來，阮閣愛駛暝車趕轉去高雄請人客呢！伊日時無歇睏，暗時開山路，『康貝特』啉四、五罐，我足驚伊掣[9]起來，我閣袂曉駛山路袂按怎？我驚伊盹龜[10]，就陪伊講話，毋過幾若擺煞講甲睏去，予家己的盹龜驚著。後來就擋袂牢睏去，就毋知驚。這馬想起來實在有夠驚，真正我的八字有夠重，才人馬平安驚驚無代誌！

1. 八字：peh-jī，出生的年、月、日、時。
2. 抾囡仔：khioh-gín-á，接生。
3. 行：hīng，品德。
4. 手痕：tshiú-hûn，掌紋。
5. 好玄：hònn-hiân，好奇。
6. 毒：thāu，施放毒劑。
7. 古意：kóo-ì，忠厚、老實。
8. 定：tiānn，訂婚的信物或聘禮。
9. 掣：tshuah，瞬間拉扯，暴斃。
10. 盹龜：tuh-ku，打瞌睡。

27

Huè

臺北是毋是阮兜

一直叫家己莫厚操煩，
毋過嘛是等甲凝心肝。

　　我哪會離故鄉愈來愈遠？民國 82 年佇臺中讀研究所，拜一到拜五攏足認真，拜六、禮拜上捷趕海線的火車，上北[1] 揣查埔朋友，嘛三不五時落南[2] 轉去高雄看阿母。彼陣臺北火車頭閣是舊的。電視劇內底，出外人來到臺北徛佇彼逝天橋，有好玄，有期待，有奮鬥的意志。毋過，我逐擺徛佇遐看著人唊人，無半个捌，鼻著公車的臭油味，聽著計程車捙[3] 喇叭的噪音，熱天翕甲臭汗酸[4]，寒天凍甲冷吱吱，攏無一屑仔歡喜。彼時交通有夠亂，空氣夭壽穤，食物[5] 貴參參。我攏定定想著〈鹿港小鎮〉彼句歌詞：『臺北不是我的家……』。

　　民國 84 年，研究所的學分修煞，我提著教育學分矣，偏遠地區縛三冬的契約嘛到期，自然就緊申請調來臺北縣。我共地圖掀開，揀離木柵上近的所在。會當調來臺北新店的五峰國中，佳哉貴人相助，天公有保庇。毋過歡喜欲去報到，看一下險險仔昏倒，佮山頂比起來，人濟所在狹實橀橀[6]，學生囡仔濟過溪底的魚，規間學校攏抐[7] 來抐去。山頂的雲、霧、蝴蝶、鳥隻飛無去，櫻花、樟仔樹佮茶米的芳味颺佗位去？我就想著〈舊情也綿綿〉的「只有在夢中再相見」。

　　上慘的是人的問題。山頂的囡仔較無考高中

的壓力，路頭遠攏躘蹛學校的宿舍，阮共逐个囡仔攏當做家己的惜命命，每一個囡仔佇老師的心內攏平重要。毋過，我來到新的學校，煞聽著「人情班」這个詞，彼害老師分做兩派。人情班的老師較奢颺倰和齊咧，好空的攏佇個的箍仔內[8]。較新的老師就無依無倚，定著愛家己栽一欉，袂當靠別人。我逐工看個食魚食肉有好空的，嘛無法度個。心內感覺個誠無聊，我的頭殼賰有夠去想教冊、論文、買厝佮生囡仔，無想欲插閒仔事。

阮兩翁仔某開始逐工做伙生活，嘛是愛撙愛徙。阮翁婿原住民的世界是共產的，伊有「重族群、犧牲個人」的民族性，所以差不多逐禮拜去汐止活動，定定一禮拜兩擺。逐擺攏嘛食酒醉才轉來，我這个有文學想像力的人，一直叫家己莫厚操煩，毋過嘛是等甲凝心肝，想欲罵伊，等甲早就有準備，若發生車禍我可能愛像阿母全款，對二十八歲守寡一世人。臺北是一个予我揣無靠岸的所在。

閣有一件愈恐怖的代誌，予阮翁做代誌無計畫害的，臨時臨曜欲搬厝，煞去稅著一間無清氣的。阮去看厝，我一下踏入去，就頭眩眩[9]規身軀無爽快，毋過時間傷迫，無稅無地蹛。蹛一冬，正 K 金的袂鍊[10]，竟然變甲烏嘛嘛。彼站仔我定

定夢著神明，可能是個來鬥保庇，嘛好佳哉我的八字有夠重，有感覺著無看著。到民國 86 年搬入去政大邊仔新買的起家厝，被鍊閣變轉來金鑠鑠，我才有承認臺北是阮兜。

♫ 語詞註解

1. 上北：tsiūnn-pak，北上。
2. 落南：lòh-lâm，南下。
3. 揤：tshih，按。
4. 臭汗酸：tshàu-kuānn-sng，汗臭味。
5. 食物：tsiàh-mih，吃的東西。
6. 實櫼櫼：tsàt-tsinn-tsinn，沒有空隙。
7. 抐：khê，卡，輕撞。
8. 箍仔內：khoo-á-lāi，圈子。
9. 眩眩：hîn-hîn，有點暈。
10. 被鍊：phuàh-liān，項鍊。

28

Huè

過 關

我歡喜甲共阮翁講：「過關矣，過關矣，我欲閣生。」
邊仔當咧起疼的人，敢會講我生甲起痟？

細漢耍「過五關」，四爿[1]邊仔的人攏會當共你掠，無細膩就會予人掠著。愈驚就愈予人看破跤手[2]，走袂過關。我個性細膩閣在膽，定定閃贏。耍啊耍，就學著閣較驚嘛愛度難關，閣較濟人嚇、濟人掠，嘛是愛想步數才會有生路。

查某人生囝就像過五關。人講粿愛會甜，查某人愛會生[3]，有生才有地位。毋過生囝是性命相交纏，生一个囝若落九蕊花，飼一个囝若剝九重皮，莫怪有人會著產後鬱卒[4]症。上鬱卒的，是身材變形，腹肚皮冗冗[5]，看著會心肝凝。生一个肥三公斤，做小姐的時攏「斤斤計較」肥抑瘦，等做人阿母煞著認命？

雖然我讀外文系的，思想較自由，毋過我是傳統底，認為大漢著愛嫁翁生囝、有孝大家官，為翁煮食、洗衫、揉塗跤，閣愛勤儉扞家，袂當揹[6]私奇，趁錢是公家的。實在是畫圓箍仔共家己關佇五關陣裡。

逐工的生活嘛像耍過五關。拄來臺北無親無情，愛適應新學校，愛納拄注文的新厝，愛鬥顧艱苦病疼的大家官，閣當咧寫碩士論文，這時閣發覺有身，十項八項攏絞絞做伙。這馬想起來，細項的若閣共算入去，我真正是苦海女英雄。其中我上要意的，嘛是較歡喜的彼關，就是有身生

囝這件代誌。無經驗、無親人通參詳[7]，嘛毋敢厚面皮[8]共同事問。智識就是力量，我就發揮讀冊人的專長，看幾若疊冊，生囝比準備聯考較認真，一定愛予一百分過關。

冊內底講做人老母咧想啥，腹肚內的囡仔攏知影，閣教人愛定定佮腹肚內的囡仔講話。我足傳統，想欲生查埔的傳香火，予伊大漢通陪阮翁拍球。哪知超音波翕出來是查某的。失望的心情阮查某囝可能知影。半點鐘後，我就摸腹肚共會失禮，閣共講伊是我的心肝仔寶貝。我的頭殼隨浮出牽公主跳舞的畫面。冊閣講愛聽音樂閣散步，我攏照起工仔來。講營養愛有夠，食天然的上好，一寡進前枵鬼愛食的四秀仔，我攏隨擋牢咧。閣乖乖仔去買貴參參的「速體健」，逐頓泡來啉。為著欲補充鈣質，牛奶嘛若啉免錢的，一工五罐百五 c.c. 的。

我去臺南生，欲生的前一暗十一點蹛入病院，尻川頭痠甲足想欲鑽入去塗跤，規暝攏無法度睏。透早七點阮翁趕到位，查某囝敢若算好時機欲予我大疼，若刁工欲予阮翁看。生落來了後，我問護士紅嬰仔有健康無？白肉底[9]抑是烏肉底？目睭大蕊抑是細蕊？聽著的攏滿意，我總算放心矣。有生囝，人生的體驗才會圓滿。當我

予人對產房揀出來，我歡喜甲共阮翁講：「過關矣，過關矣，我欲閣生。」邊仔當咧起疼的人，敢會講我生甲起 [10] 痟？

語詞註解

1. 四爿：sì-pîng，四周圍。
2. 看破跤手：khuànn-phuà-kha-tshiú，識破伎倆。
3. 生：sinn，生育、生產。
4. 鬱卒：ut-tsut，愁悶不暢快。
5. 冗冗：līng-līng，鬆垮。
6. 揜：iap，藏。
7. 參詳：tsham-siông，商量、交換意見。
8. 厚面皮：kāu-bīn-phuê，厚臉皮。
9. 白肉底：pe̍h-bah-té，皮膚白。
10. 起：khí，開始，發作。

29
Huè

起家厝

到今我猶原自信百分之一千萬是著的。

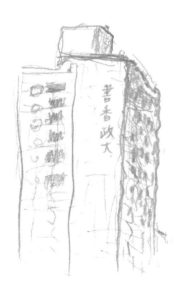

人講我哪會遐勢，出業無幾冬，才二六歲就
有才調佇臺北買新厝，二九歲就蹛佇新厝。哪有
想遐濟咧？都干焦想欲緊完成我的夢。自細漢我
就足想欲有家己的厝。阮兜一直蹛一拼人，有外
公、外媽、阿母、阮四个兄弟姊妹仔、三舅、四
舅，有一站仔閣共一間房間稅出去鬥補貼[1] 厝裡
的開銷。三樓尾頂有加[2] 搭鐵厝，毋過人傷濟，
傷實櫼，我無佮意。哪會攏無成囡仔歌〈甜蜜的
家庭〉內底唱的「整潔美滿又安康」。我去同學
個兜耍，我看人款甲遐爾好，就開始有向望。毋
過愛都[3] 愛，無錢都袂使。

大學的時，因為有佇學校工讀，閣兼幾若个
家教，我開始儉錢。彼當陣和阮查埔朋友嘛交往
四冬矣，伊研究所畢業做研究助理有薪水，閣阮
攏老實人，阮做伙起來順順仔，嘛有結婚的拍算，
毋才好勢招伊做伙儉錢，叫伊逐個月出一萬，我
出五千，以後通買厝。阮 83 年新曆元旦請人食
喜桌，我佇臺中讀冊，若假日來臺北，就會加減
仔去看厝，煞愈看愈貴，落尾是買上貴的。聽講
厝會揣主人，我嘛感覺足奇怪的，阮翁的橐袋仔
平常時干焦會袋飯錢爾爾，嘛毋知彼工伊盍[4] 會
袋一萬箍佇褲袋仔，若等欲訂阮的起家厝。阮揀
佇政治大學的邊仔，因為這个社區予大細間學校

包牢咧。彼陣阮閣看著白翎鷥佇政大學生號的
「醉夢溪」飛來飛去，我看著圖書館，伊看著籃
球場，阮袂輸[5]食著迷藥仔咧，無哼半聲就共一
萬箍乖乖仔摕[6]出來。轉去到厝，才精神過來，
想著我咧讀冊無薪水，伊這冬的薪水，攏開佇成
格[7]個庄跤的厝，阮進前做伙儉的佮我教一冬的
薪水，攏提出來做假聘金閣辦四攤喜桌，毋但開
焦去矣閣倒了。貸款哪納[8]會起？

　　伊佇臺北上班，我無管伊錢按怎拍算，我佇
臺中那讀研究所那兼家教，無予伊飼，無共提半
圓。遮攏細條的，毋過買厝是大條的呢！一萬箍
嘛足大條的啦！阮驚定金無去，就央[9]阮大姊對
臺南起來鬥刣價。聽講阮遮地點好，賣厝的人規
陣攏家己有買，刁工咧揀厝邊，看阮古意、氣質
讚、做老師單純，就俗六十七萬予阮。為著欲省
五萬，阮就對十一樓降落去這馬的九樓。

　　83 年彼冬愛綴工程的進度納錢，紡袂過來有
共大姑仔借四十七萬，84 年 8 月我復職開始領薪
水，無幾冬就掛利息還伊矣。毋過一直到今阮戀
翁攏講厝是個大姊「買予阮的」。足想欲共春[10]
落。實在足怨嘆。我儉食、儉穿、還貸款，伊敢
是青盲？上厭氣的是 86 年 6 月 20 搬新厝的時，
伊硬欲叫我撥一間予個外甥仔，一間予個三姊，

毋知咧想啥？我個性好，毋過毋是無思考，為著
我一世人的夢，為著飼囡仔的環境，我頭擺為家
己抗爭，足無奈仔向望幸福的起家厝起冤家，毋
過到今我猶原自信百分之一千萬是著的。

語詞註解

1. 貼：thiap，補貼。
2. 加：ke，多、添加。
3. 都：to，是。
4. 盍：khah，豈，怎麼。
5. 袂輸：bē-su，好比、好像。
6. 撢：jîm，掏。
7. 成格：tshiânn-keh，隔間裝潢。
8. 納：lap，繳交。
9. 央：iang，請求、懇求。
10. 舂：tsing，擊打、揍。

30

Huè

孵論文

佮生囝仝款，
戀戀仔做無想趕濟，干焦想欲拚予過。

「你適合讀冊，敢欲考博士？」我的碩士論文指導教授 Dr. Haseltine 按呢共我姑情[1]，按呢共我肯定。我誠愛讀冊，毋過大漢查某囝猶未兩歲，細漢的閣佇腹肚底，碩士論文寫了嘛想欲小歇喘一下，好好仔晟[2]囝就好，毋通貪心。

文學院的論文，慣勢第三冬才開始揣題目。我跤手較緊，嘛想講復職上班較無時間，二年的後學期就開始揣資料、看資料、消化資料，知影欲寫啥矣。哪知轉來臺北，逐工下班忝甲欲死，曆有納貸款無法度留職停薪，不得已去申請休學一冬，囝生生咧著飼，閣歇一冬寫無幾字。日子若干樂踅[3]袂停，無法度靜心寫作。日時上班操，暗時騙囡仔操，日夜因為論文無寫才是正港的操。白頭鬃就佇這陣無情無義一枝仔一枝發出來，擋嘛擋伊袂牢。

我堅持欲寫英國 A.A. Milne 的作品，彼陣網路無這馬遮發達，臺灣無重視兒童文學。我佇國內四界揣，閣用網路拜託美國、英國的朋友鬥揣資料、鬥買冊，變做是國際工程。忝是忝，毋過寫家己愛的作品，心情是快活的。

飼囝敢有遐艱難？實在是頭擺做老母捎無摠[4]。我入學進前就先休學一冬去山頂教冊，修學分兩冬閣休學兩冬，拖到上尾冬，囡仔閣遐爾

細漢。我定定問家己：「欲放棄無？」袂當，我遮爾佮意文學，揣遮爾古錐快樂的《Winni the Pooh》（小熊維尼）研究文學的美感，若無畢業就害矣，我會艱苦一世人，若看著佮意的冊就厭氣閣後悔，人生敢是永遠就無美感矣？拖到上尾冬，我逼家己規粒頭殼干焦會當貯[5]論文。我若無課就覕入去圖書館，彼時無電腦通用，就先用紙寫起來。欲暗仔放學的鐘仔聲一下霆，oo-tóo-bái 踏咧就緊抾轉去厝拍字。我上期待暗頓食飽厝款好，共囡仔搖予睏通半暝靜心寫作。

毛毛仔雨落久嘛會澹呢！竟然一章仔一章，若生囝全款孵一本初稿出來！了後，兩禮拜就落去臺中沙鹿和老師討論。佇有臺鐵無高鐵，有公車無捷運的時代，來回著盤[6]六幫車用十點鐘，有夠忝頭。毋過，佮生囝全款，戀戀仔做無想遐濟，干焦想欲抾予過。聽講有幾个仔同學延[7]傷久無畢業，聯絡著才知影個的無奈佮遺憾。翻頭[8]看，感謝天公保庇，感謝指導老師的鼓勵，嘛感謝家己無放棄。我的論文有得著兒童文學學會優秀碩士論文的肯定，慢慢仔孵嘛是有品質保證呢！我揹[9]一箍大腹肚去領獎，嘛佮足濟前輩和出版社的頭家分享。有出版社聯絡我出版，毋過因為腹肚內的細漢查某囝都真巴結陪我那吐那

拚暝工寫論文，從來從去趕火車，強欲袂牢枝，我哪會通自私數想出冊閣讀博士？機會無去[10] 無要緊，袂當予囡仔無去。

♩ 語詞註解

1. 姑情：koo-tsiânn，情商。
2. 晟：tshiânn，養育。
3. 踅：sèh，轉動。
4. 揣無摠：sa-bô-tsáng，摸不著頭緒。
5. 貯：té，裝、盛。
6. 盤：puânn，轉換。
7. 延：tshiân，拖延、延誤。
8. 翻頭：huan-thâu，回頭。
9. 揹：phāinn，承受、負擔。
10. 無去：bô--khì，不見、消失、死。

31
Huè

921大地動彼暝

是生，是死，
人生敢是一切攏是由天咧安排？

民國 88 年（西元 1999 年）1 月，我去臺南生細漢查某囝，因為學校的工課傷忝，臺大病院的何醫師講我咧欲生矣，叫我緊落去下港等，我只好提早請產假趕落去。會記得佇西濱公路停紅燈的時，閣予一台速度誠緊的貨物仔對後壁橄過阮兩台停紅燈的轎仔，好佳哉無出人命。

哪知落去臺南，阮姊仔逐項都共我款便便，我若夫人咧攏免做，顛倒預產期到矣，囡仔閣毋出來。厝邊的阿桑攏講，若延傷久恐驚頭殼會傷冇[1]，生袂出來，閣講佇腹肚內一工是外口的一禮拜。我足驚愛破腹。好佳哉才慢一禮拜，算起來七七四十九工，共當做咧煉仙丹咧！有影囡仔較熟較有力的款，蹛院的手續都猶未辦好，產房就傳出細漢查某囝響亮的吼聲。護士抱來予我看的時，腿庫肥朒朒[2]，踢甲足有力。

我正港[3]是業命，生兩个查某囝，一个佇歇熱7月，一个佇歇寒1月，做老師攏無趁著產假，閣開學都猶未瘦落來，著愛去上班。生一个，一字「忝」，生兩个，毋是兩、三倍的「忝忝忝」，是四、五倍的「忝忝忝忝忝」。查某囝滿月過，我閣算月內[4]額，因為大姊愛轉去庄跤過年，阮嘛驚舊曆過年窒車，閣過年過就隨開學，阮翁就緊共阮載轉來臺北。彼工臺北拄著十度以下、落

170

雨閣霜冷的寒流，大人都擋袂牢矣，囡仔哪會堪得？阮翁閣毋知去佗位予人穢[5]著感冒，發燒流鼻水，規箍人死殗殗，毋敢佮阮睏全間，嘛無法度照原本參詳好的，一人顧一隻。阮母仔囝三个人就屈佇彼間搢[6]東北風的大人房。彼暗，我做出這世人足後悔的代誌，就是予阮大漢查某囝睏佇倚窗的塗跤。我有共舒[7]兩層被，毋過睏佇眠床都寒甲欲死矣，睏塗跤閣較免講。我規暝攏毋敢睏，眠咧眠咧。半暝仔閣不時起來巡，驚兩个幼囡仔，寒甲無拄好[8]去。

　　隔轉工，阮翁去上班，我一个人顧兩個，想講趁中晝較燒熱，欲共細漢的洗身軀。進前大漢的寄阮大姊飼一冬，焄轉來飼的時，已經會曉佇浴桶仔耍水矣，我毋捌洗過拄才滿月閣軟荍荍的紅嬰仔。我閣愈驚才兩歲的大漢的，入來浴間仔會去滑倒，嘛閣驚浴間仔門開開，霜風貫入來會予細漢的寒著，我就先佮大漢的參詳好勢，叫伊佇浴間仔的門口等，閣共掛保證講會一直佮伊講話，一直唱歌予伊聽。伊嘛足認真答應我閣頕頭講好。好都咧好，等門一下關，伊開始吼欲揣我，用喙按怎共騙，按怎共安搭嘛無效，伊輕輕仔捯門，輕輕仔共門捒開，目屎已經輾甲規面矣。我輕聲仔共苦勸，共會失禮，一肢手佇跤桶捧細漢

的，閣用另外一肢手共門揀倚轉去。伊閣開，我
閣揀，袂輸用門扇枋咧摸風全款。我可能是著急
幼囝仔都泹 [9] 袂好勢矣，嘛怪家己飯桶，我嘛足
驚放大漢查某囝家己佇外口危險，閣驚手裡的幼
嬰仔寒甲袂堪得，後來有較大聲共大漢的喝。伊
遐細漢哪會聽有咧？煞喝一下害伊愈吼愈忝。外
口大漢的吼袂停，內底細漢的凍甲硞硞顫，規尾
若茄仔咧。救人喔！喝天天不應，喝地地不靈。
我孤一个驚甲欲無命去，閣搵澹無洗袂使。寒流
呢！我規身軀拼甲大粒汗細粒汗。實在有夠好
膽。佳哉天公有保庇，阮母仔囝三个人才會攏平
安無代誌。彼時我哪會無吼？應該是緊張甲毋知
欲吼。

　　彼擺寒流了後，大漢查某囝的身體就一直無
好，相連紲感冒，這就是我後悔的源頭。敢是睏
塗跤去寒入骨？去予阮翁穢著流感？予我放揀傷
傷悲？抑是共送去讀幼稚園佇遐穢來穢去？伊規
年週天差不多攏咧看醫生閣食藥仔。一直到9月，
閣因為燒袂退去蹛院，舞欲半個月閣查袂出病
因。燒，退，燒，退，真正性命相交纏。我一直
祈求神明予我替伊破病，神明哪會攏無聽著？我
想起高中的時，來阮高雄女中演講的一个臺南市
的校長講，伊趁破病的囝仔咧睏的時，跪咧眠床

頭拜託伊緊好起來,伊講足有效。我當初感動伊
做人老爸,願意為囝兒付出的心,就一直共這个
故事佮撇步記佇心內。

彼暗是 9 月 20,阮轉去單人病房,無別人
佇咧。醫生變無步矣,我想講試看跪咧求伊平安
的方法有效無。我刁工揀十一點過,算是大子時,
嘛是 9 月 21 矣,趁伊咧睏,我共伊跪差不多十
分鐘,拜託伊緊好起來,那講那流目屎,閣拜託
伊愛繼續予我做查某囝。後來,我起來攲佇伊的
邊仔,足毋甘的,那看伊的面,那祈求眾神來鬥
保庇。我忝甲睏去。才一觸久仔,規頂眠床若像
咧入棉襀被全款,予人捽幾若大下。我定聽人講
病房較陰有鬼,我直接的反應就是鬼來矣,我緊
共上寶貝的大漢查某囝挾咧,伊吊大筒的架仔划
咧,喙唸阿彌陀佛,對門口抨出去。我一世人跤
手毋捌遐猛掠過。咧傱的彼三秒鐘內底,有夠驚
惶,毋過嘛歡喜想講,敢是神明咧趕害阮大漢查
某囝破病的魔神仔走。

到門口,我看對護理站彼爿,火光光,聽著
逐家講是地動,我才無遐爾驚,嘛感覺家己想對
魔神仔去足好笑。我小愒 [10] 一下,看無按怎就
閣共查某囝抱轉去眠床頂。隔轉工,聽護士講臺
北有一棟大樓崩去,後來看電視新聞,才知影南

投、臺中閣較悽慘。因為阮家己一間免驚共人吵著,我平常時是罕得看電視,彼工我電視開咧一直看,愈看心愈疼。

醫生全款揣無發燒的原因,我逐工煩惱阮查某囝敢會有三長兩短,深深體會彼款驚失去至親的心情。災害上慘的南投,閣是我第一冬教冊的所在,感情足深。我煩惱學生,煩惱同事,閣看著電視內底足濟毋捌的人哭甲捶心肝,我綴咧一直流目屎。對天公伯仔的安排,實在無了解。逐粒目屎攏有足複雜的感情佮毋甘。我猶是咧煩惱阮查某囝的病情,毋過我愛感恩,猶摸會著伊燒,退,燒,退的溫度,猶有醫生佮護士咧操煩,啊遐的曆無去的,親人無去的,著傷的,一定比咱較痛苦一百萬倍。我心酸酸、目箍紅紅,是一種單純對人的毋甘佮疼痛。

講嘛奇,921 大地動過,阮查某囝就無閣發燒矣。毋知影是我彼暝跪落去求伊勇敢活落去有效,抑是我走敢若飛共挾出去門口,伊的細胞規個振作起來,抑是因為地動,天地的氣場變化所致?

看醫生揣無步的時,我有去天公廟求神明閣抽一支籤,天公講中秋過就好。921 彼工是舊曆8 月 12,後來兩工無閣燒起來就較穩定矣,醫

生猶是查袂出原因，雖然我的心閣驚驚，毋過人暫時平安就好。醫生就佇 9 月 26 禮拜中秋節過兩工，通知阮辦出院。哪會遐拄好？佮籤詩講的全款？是生，是死，人生敢是一切攏是由天咧安排？咱人會當做的就是寶惜身軀邊的溫暖。921 大地動的新聞猶是逐工予我流目屎。

中秋一下到，表示寒天嘛欲到矣，我共家己講一世人袂當閣予我的查某囝的身軀抑是心情受風寒！

♪ 語詞註解

1. 朾：tīng，硬的、堅實的。
2. 肥朒朒：puî-tsut-tsut，胖嘟嘟。
3. 正港：tsiànn-káng，正宗道地的。
4. 月內：gueh-lāi，月子。
5. 穢：uè，傳染。
6. 搢：tsìnn，逆著，迎著。
7. 舒：tshu，鋪上墊底物。
8. 無拄好：bô-tú-hó，不舒服。
9. 浞：tshiok，在水中稍微搓揉、攪動。
10. 愖：sīm，沉思、保持不動。

32
Huè

---

322 寶貝

一个囡仔，一篇故事，
一段感情，攏是我的寶貝。

「你教阮啥物，我攏袂記得矣，毋過我會記得你足認真、足疼阮。」

「我的聯絡簿仔規縋[1]攏閣留咧。阮寫三逝[2]，你回規篇，有夠感動的。」

322 的寶貝是我來五峰國中唯一焄滿三冬的導師班，對 86 年 8 月到今二十外冬矣，佮幾个仔家長嘛變做好朋友，三不五時會相招[3]去食飯。佮囡仔是自 89 年畢業連紲逐冬辦同窗會，這馬已經是「囡仔抱囡仔」去聚會矣。阮佇畢業第十冬的時，刁工辦佇阮最後的三年 22 班的教室。彼改聚會，特別頒發全勤獎，予早就搬去臺中閣逐冬來的光恆。到今伊猶是全勤。我嘛是。而且我閣會逐冬寫一張「家書」予我的 322 寶貝。批內底，攏是我照個的年歲[4]發展，予個的提醒佮真心話，嘛是報告我家己的生活佮想法，予個罔[5]參考。

個國中一年的時，阮大漢查某囝一歲外，到個二年的時，我閣去生細漢的，了後攏咧無閒家己厝裡的兩个囡仔。我知影我的個性，定著會有基本的導師水準，毋過我心內感覺對個有虧欠。個升三年的時，我驚家己愛進修，厝裡囡仔細漢，無法度陪學生拚聯考，驚共個耽誤著，不得已共一寡學生撥[6]予分組教學。彼若像硬共厝裡的兩

个囡仔拆做兩半[7]，分兩个所在飼遐殘忍。個無
想欲分開，毋過信任我是為個好，我的誠心嘛感
動家長，後來閣誠圓滿，毋才到今逐家感情攏閣
足好。

因為我足愛學習，我嘛想欲做閣較入心[8]的
導師和老母，我就去學心理輔導。我 87 年提著
碩士，88 年初細漢查某囝出世了後，我就利用
88、89 兩个歇熱去修政治大學二十學分的輔導
學分班。全 89 年彼冬 322 寶貝畢業，我就開始
佇輔導處做輔導老師，閣繼續行 90 年的歇熱去
進修，提著輔導活動的第二專長教師證。學輔導
上大的回報是家己，我愈來愈了解家己，嘛愈來
愈知恩惜福。

課程內底，老師叫阮用一種動物來形容家
己，我是一个想欲共代誌盡量做甲好的人，我
講家己像「thá-khooh」， 因為彼當陣看電視
Discovery，知影這隻 bàng-gà 內底定予人準做[9]
歹人的動物足疼囝，身段柔軟，綴環境變換色水
的技術上蓋緊，八肢跤閣會當全時間做足濟齣
頭，就若像我這款愛顧囝、愛無閒足濟代誌、定
變換身份、逐工若干樂踅袂停的人。輔導學了，
我 91 年就開始學臺語，開始疼這个上媠[10]閣上
趣味的民族寶貝，一直到今，嘛會到永遠。

我一直攏共 322 的寶貝當做家己的囡仔對待，一个囡仔，一篇故事，一段感情，攏是我的寶貝。阮攏誠期待逐冬歇熱的同窗會，個若共公司請假換排班，講欲去參加國中的同窗會，人攏足欣羨。同窗會變做是一種驕傲，看來 322 的寶貝佮我全款，共 322 當做是寶貝。

♫
語詞註解

1. 繩：thōng，計算重疊堆積物的單位。
2. 逝：tsuā，行。
3. 相招：sio-tsio，彼此邀約。
4. 年歲：nî-huè，年齡、年紀。
5. 罔：bóng，將就。
6. 撥：puah，從總數中分出一部份。
7. 兩半：nn̄g puànn，兩個二分之一。
8. 入心：jip-sim，進入心坎裡。
9. 準做：tsún-tsò，當成、當做。
10. 媠：suí，漂亮的、美麗的。

179

33
Huè

Thá-khooh 人生

Thá-khooh 較勢，
嘛無法度提烏墨汁噴家己白疏疏的頭。

我的 thá-khooh 人生對三十三歲開始，無閒
足濟穡頭，除了趁本業做老師的薪水，其他副業
攏是做免錢做趣味的。淡薄仔成現代的 slash『斜
槓人生』。若講做「tshiâ-kǹg 人生」閣誠好聽。
若講做「tshuah-kòng 人生」，若咧唱聲「出來
講[1]」（揣共）。若「斜」佮「橫」仝意思，「橫
槓」變「橫貢貢[2]」，無合我和諧的價值觀。猶
是用 thá-khooh 八肢跤的無閒頤頤來講我的中年
生活較好。

我的本業是英語老師。佇學校教英語一般得
較有地位，家長較有期待，學生較要意[3]。我佮
意英語嘛教甲袂穤，毋過袂曉逼成績。我國中的
時英語誠好，誠愛寫參考冊，看著題目隨有答案，
到高中煞捎無摠，一直到大學讀外文系用字根、
字首、字源背字，聽英語廣播，學語言、練寫作、
讀文學，才知影英語的世界攏是故事，有伊的邏
輯佮文化。我嘛發展出用簡單的撇步來整合英語
的語源佮文法。逐擺上課，若咧講故事咧。我閣
誠古錐，逐工笑微微，會揣辦法感動學生，毋是
強逼張飛讀春秋，所以受歡迎的程度，袂輸當衝
的電視明星咧。

我做功德的第一副業是輔導老師。我真正足
想欲幫助學生，毋過足無愛做管東管西的導師。

我做過四冬導師，家長誠肯定，算做甲袂稹。毋
過我信自由主義，家己自細漢無人管，阿母毋捌
看過我的成績單，我的人生觀建立佇「家己栽一
欉」。到今，阮兩个查某囝一个讀國立臺灣大學、
一个讀國立臺北藝術大學，我攏是「有機栽培」，
若飼放山雞咧，用講道理的，用一條愛佮鼓勵的
線牽咧，若放風吹予個自由飛。寢到這間學校，
看辦公室的同事攏咧損囡仔，攏咧比成績，不時
咧罵囡仔，我佇邊仔聽甲足艱苦。我猴山仔學搬
戲，毋過按怎假嘛無成，無法度呢！自細漢都毋
捌予阿母損，我哪好勢損別人的囡仔？後來證明
我用苦勸開破的方法是著的。我用別人兩倍濟的
時間，毋過學生佮我會較親近，顛倒驚我傷心，
就較袂做我無佮意的代誌。毋過國中生齣頭足濟
閣勢諍[4]，我下班到厝，紲落去愛顧囡仔，定定
攏嘛忝甲肫龜[5]，牛奶矸仔扶甲落落去。我有輔
導的教師證，就爭取去做輔導老師，救袂少囡仔
呢！送來輔導處的囡仔，行為確實有淡薄仔想欲
共罵，毋過了解個的故事了後，知影個攏誠可憐。
會記得我咧準備考老師，看冊才知影家己是「文
化不利」的囡仔，就是厝裡環境無好，欠人牽教。
遮的囡仔就是按呢。我對輔導老師做甲輔導主
任，有著「輔導中輟生有功」的獎，佇輔導處做

到阮細漢查某囝八歲，厝裡的人定滾耍笑講，我較疼學生！

第二副業是臺語老師。我頭擺參加文山區的臺語演講比賽，就損倒幾若个，著第二名，足歡喜的！第一名正是我的師父，臺語界的勢人鄭安住老師，彼陣我的程度差伊一大節，到今我猶是逐袂著伊佇臺語教育的貢獻！嘛是彼冬，安住老師著全國第一名，伊光榮畢業了，攏無囥步[6]，那牽教我，那共學校的工課放予我來扦。會當變做伊的傳人是一種福氣。伊是我的恩情人！自彼冬開始，伊鼓勵我參加研習佮比賽，教我「做別人的工課，練家己的工夫」。有影呢！Thá-khooh 八肢跤攏咧舞臺語，工夫嘛愈來愈在。

第三副業是做阮兜的總管，是主業變副業。雖然足無閒，毋過囝仔的學習，我攏盡量無落勾：逐工三頓煮營養、洗衫、款厝內。暗時看功課，欲睏的時講故事、唱搖囝仔歌，假日陪個𨑨迌冊店、散步、做運動、耍沙仔、親近大自然，歇寒歇熱四界耍、遊臺灣。「有機栽培」，毋過有品質佮堅持。總管我嘛誠頂真，定定去福利中心佮菜市仔，大包細包，正手捾，倒手扛。彼陣阮才一台轎仔，阮翁咧駛，想講伊是查埔人，我離學校較近，閣定定買東買西，辦厝裡的大細項代

誌，踏 oo-tóo-bái 較利便。去幼稚園接囝仔的時，定定三个人疊咧捙咧，這馬想起來有夠危險，誠實戀膽。我做甲毋捌予阮翁去買一包綿仔紙[7]，做甲覆咧揉塗跤。因為我是顧家的「金牛座」，自細漢閣有「家庭」的向望，而且高中的校訓有「忠勤嫻淑」四字，嘛毋知是害著我？抑是致蔭著我？

第四副業是做人的查某囝。這上欠點，愛算曠職啦！一冬才轉去高雄一逝，毋過阿母是上有量[8]的頂司，攏無計較。我顛倒較捷轉去阮翁花蓮的庄跤，4月清明蹛幾若工，7月豐年祭蹛規禮拜，過年庄跤四、五工，初二後頭厝才一工。賢妻良母，嫁雞綴雞飛。我捌一兩擺仔怨嘆嫁傷遠，毋過囝佇佗位，阿娘就佇佗位，我真正無勇氣做家己。阮阿母袂曉坐遠途的車愛人煤，我捌佇歇熱共煤來臺北蹛一站仔，彼是足幸福的記持。毋過阿母關佇臺北真正袂慣勢。等阮囝仔較大漢矣，我發展出歇熱家己一工來回的姊妹仔會，煤阿母去臺南拜拜。閣這馬囝仔攏讀大學矣，就變做三工兩暝的家庭聚會，會當輕輕鬆鬆四界耍。

日子若我十八歲的時佇高雄加工區，khong-pé-á[9] 咧走無法度停。這款 thá-khooh 人生，雖

然儉袂少經驗佮成就，包括兩个查某囝嘛足捌代
誌，毋過因為我個性毋認輸、求完美、無愛共人
麻煩，頭殼頂的白頭鬃，操煩過度，一枝一枝
發出來。白頭鬃有法度挽[10]，無法度挽救。Thá-
khooh 較勢，嘛無法度提烏墨汁噴家己白疏疏的
頭。

1. 出來講：tshut-lâi kóng，來理論。
2. 橫貢貢：huâinn-kòng-kòng，蠻橫不講理。
3. 要意：iàu-ì，在意。
4. 諍：tsènn/tsìnn，爭辯、爭執。
5. 盹龜：tuh-ku，打瞌睡、打盹。
6. 囥步：khǹg-pōo，藏私。
7. 綿仔紙：mî-á-tsuá，衛生紙。
8. 有量：ū-liōng，寬宏大量。
9. khong-pé-á：輸送帶（conveyor belt）。
10. 挽：bán，拔。

34
Huè

半暝的思念

罷了，共思念藏起來。
隔工全款無閒，半暝的思念猶是佇半暝。

　　恁毋通看我朋友足濟，抑是佮意我的人袂
少，其實我若像有「孤單」的命格，所以我自細
漢就學會曉享受孤單。孤單的證明佇遮：出世四
個月無老爸變孤兒；厝裡上細漢的，兄姊去讀冊，
我定定家己一个；國小三年就家己坐公車去區公
所討證明；國小六年的時逐工放學欲暗仔定家己
去憲德市場買菜；國中放學騎跤踏車去冊局看冊。
欲拍球？欲讀冊？攏家己主張。阿母毋捌看過我
的成績單。厝裡無人讀高中，我家己舞。家己報
聯考，家己去臺南讀成大。畢業家己決定考老師，
去南投上懸的山頂教冊，去西海岸的沙鹿讀研究
所，嫁予東海岸豐濱的原住民，對下港搬來臺北
買厝、生囝、食頭路。愈搬愈遠，朋友愈篩選愈
少，嘛愈來愈孤單。工課場逐家為家己，欲交[1]
著知己有較僫！我嫁予原住民翁，嘛是予伊放牛
食草。到這个歲，若像賭隨時揣有的冊會當佮我
做伴。

　　孤單閣孤單，我嘛誠享受彼款家己一个人的
自由，我用堅強的笑容藏彼粒思念的心。食頭路、
有家庭了後，對日時無閒到半暝[2]，若無忝甲睏
去，我會享受十一點了後一个人的清靜，所以攏
嘛半暝仔才有閒思念朋友。人都攏咧睏矣，哪通
共人攪吵？罷了，共思念藏起來。隔工全款無閒，

半暝的思念猶是佇半暝。

我定思念我大學時代的三个姊妹仔伴。當其中一个對美國轉來臺灣，個攏會佇高雄聚會，我蹛臺北較遠攏嘛無法度去。阮就另外約佇臺北見面，毋過猶是無高雄一陣人遐爾好耍，定定佮個有較疏遠的感覺。這馬是袂閣按呢想囉，因為朋友就是朋友。

我嘛思念高中的好朋友惠虹佮麗純。這閣愈好耍，三个人攏佇臺北生活，煞約無時間佮所在[3]。後來就無閣約矣，有幾若冬[4]攏無消無息。這馬嘛是袂閣按呢想矣！因為一世人的知己毋免濟。知己無地借，定著愛好好仔寶惜。

我嘛思念國中的好朋友。有一陣是合唱班的查某朋友「五人行」，另外是兩个阮三年的全班的查埔同學，感情閣較好嘛干焦過年有轉去高雄，才敲電話問一下爾。我嘛有想一个無全班的同學，彼个佮我比賽看冊、通批[5]、討論想法的人，阮三冬寫一大疊的批，心內互相欣賞，毋過無講過情話，無開出愛情的花。三十冬後才探聽著伊心包油雄雄過身去矣，害我彼暝失眠，半暝的思念變做規暝的後悔，我連感謝都袂赴[6]講。咱的人生早就過一半，棺柴嘛軁[7]一橛[8]矣，無常才是正常。思念愛講出來，思念愛緊相揣才袂後悔。

誠感謝現代的科技，予阮成立各種 line 的群組，共逐家箍[9]倚來辦同窗會，消敨久年的好玄佮思念。群組內底較捷開講的嘛攏阮這幾个，毋過無要緊，順其自然。上無[10]這馬就免驚有半暝的思念矣。

1. 交：kau，人與人之間的往來互動。
2. 半暝：puànn-mê/mî，半夜、深夜。
3. 所在：sóo-tsāi，地方。
4. 幾若冬：kuí-nā tang，幾年、若干年。
5. 通批：thong-phue，書信往來。
6. 袂赴：bē-hù，來不及。
7. 軁：nǹg，穿、鑽。
8. 橛：kue̍h，計算橫截後物品的量詞。
9. 箍：khoo，聚集。
10. 上無：siōng-bô，至少、起碼。

35
Huè

五進五退

毋管外在的有幾進幾退，我的心袂退，
欲一世人做臺語的事工毋退。

　　92 年臺北縣成立全臺灣第一个有閩南語、客
家語、原住民語三種語言的本土語文輔導團，游
純澤校長做召集人，阮正是創團的團員，這對我
的影響足大。輔導團內底攏是臺語界的勢人，第
一冬就拚出誠濟成果。我有做一本《國台英三語
俗諺快譯通》，做別人的工課，練家己的工夫，
就同齊熟手英語、臺語的俗語。輔導團逐禮拜五
佇板橋國小開會，彼當陣捷運才會當坐到新埔
站，欲去到遐是一逝路長長長，囡仔閣細漢，五
峰的輔導處彼陣閣無穩定，傅校長拜託我留落來
鬥相共。我彼陣毋知寶貴，一冬到就無閣繼續行
輔導團。這是一進一出。

　　離開輔導團，毋是離開臺語。我佇學校那做
行政，那培訓語文競賽的選手，閣予學生比甲對
全國賽去。我嘛毛學生、家長去比賽閩南語戲劇，
攏有著等。對臺語的感覺愈來愈深。敢是天公伯
仔知影我的心？94 年彼冬，五峰換新校長，我
做輔導主任，想欲好好仔展工夫，想袂到隔冬就
因為我是前朝的人馬，加上新校長欲叫我去做補
校主任發展英語資優教育，無先揣我講一下，就
揣人接輔導主任矣。雖然理智知影人事權是校長
的，毋過我感覺無予人尊重，就扯一下較規氣咧。
我是學校唯一的正牌英語碩士閣是讀文學的，有

人講我是去予專長害著。校長按怎拜託嘛無效。就按呢我誠傷心，離開做六冬的輔導工課佮理想。我想無呢！天公伯仔毋是欲叫我做功德，哪毋予我幫助退的弱勢的囡仔咧？六冬後，阮校長欲調學校，伊共我講所有的主任內底，我是唯一無喝艱苦，袂講人歹話，袂怨東怨西的人。哪毋佇我猶未傷心進前共我講咧？若講予清楚，我一定會體諒佮相佝[1]。唉！阮這款無求名利的散食囡仔，若有「尊重」這兩字攏嘛做牛做馬。

好佳哉我 95 年這冬 4 月有先去參加福智文教基金會行政人員性命教育營，佇退我了解「觀功念恩，學習快樂」的功夫，嘛有看『達賴喇嘛』的冊《快樂》，雖然我無風無搖倒大樹予人夾掉，感覺失面子、失信心。毋過我攏盡量轉念。為著欲方便我拚行政，我早就安排阮兩个囡仔歇熱的安親班矣，錢嘛交矣，這聲臨時臨曜規个閬落來。規个 8 月我就共家己關佇政大的圖書館療傷止疼，看哲學佮教育的冊，想欲探討校長咧想啥？哪會我遮無計較、遮有品質的人，伊忍心共我 get out 捗奮斗[2]？我若有才情[3]做校長，我袂予主任遮傷心。我嘛想欲公主報仇，等我變做教育博士，比退的人較才情，會當共個氣予死。我 9 月開學繼續看冊，佇學校無面佮人接接，因為

大部份的同事是看人的地位咧交朋友。有幾个仔來共我鼓勵的，我攏感恩激戀戀笑笑，因為事實無法度改變，講啥攏驚傷著人。後來我無去考教育所，毋過我的心靈層次因為看冊變較懸，用哲學了然人生，信心嘛漸漸回復。冊真正是永遠袂背叛的好朋友。隔年拄好輔導團閣有開缺，彼時原住民團分出去家己一團，阮的新團長是陳江松校長。我好運考牢。這是二進。我的心是堅定欲做甲退休，永遠毋放揀[4]所愛。

96 年彼冬新北市有臺語朗讀比賽、字音字形比賽、文學創作比賽，97 年教育部文學創作比賽。有人叫我「三冠王」，因為三種比賽、三種文類，部的縣的我攏去，後來人講臺北縣的文學獎訂一个「王秀容條款」，規定一个人干焦會當參加一種文類。97 年陳校長欲退休，退休進前伊叫我做指導員，我想講我才轉來團裡一冬，照輩份應該愛先問阮遐的創團同伴。校長足認真共我講，做校長毋是咧看年資，是咧看人才。講我的品質足好。我聽甲強欲哭出來，嘛真正治好我予五峰夾掉的鬱卒。

換劉安訓校長領導阮，伊毋捌我，毋過伊信任陳校長的眼光，佣我做指導員，我嘛足認真做甲足濟校長自動共伊褒我，我熟似足濟值得學習

的校長朋友。人生有起有落，就像新北市有山有海才是婿閣古錐。指導員的表現俗工夫，幫助我98年考牢臺師大的臺文所博士班。天公伯仔一直予我上好的安排。一直到102年，學校邀請我轉去做主任，我嘛想欲有安定的生活通寫論文，心內嘛一直有想欲做校長通伨國中揀臺語的夢。到今我嘛毋知佗位撨[5]無好勢，了後彼冬我就予人用世界懸的標準顧死死。悲哀啦！我的生活變甲比學生閣較乖，無細膩就予人揣空揣縫。我準時下晡五點下班，就拚去師大圖書館寫論文，寫甲十點人關門。假日定定是兩粒便利商店買的飯丸佮一杯果汁就佇圖書館度一工。論文初稿拚欲五十萬字，這敢是愛感謝遐的共我釘牢牢的人？

　　102年這冬，我覆咧嘛著銃[6]，拄著人生上大的侮辱。學校閣出手共我挃第二刀，行政利用家長講我公假傷濟，會影響學生的成績。話在伊講，我無權無勢困佇基層的悲慘世界。致使103年學校教評會無同意我參加輔導團。閣較傷心的是，我的徒弟仔會當參加，我這个資深的創團團員袂當參加。一陣無了解本土語言的強摜槌，逼我離開輔導團，這是二退。嘛是我人生第一擺佇學校小可仔掠狂[7]，我對人性澈底失望。這馬我毋知閣有法度轉去輔導團無？我心內感覺悲哀憤

慨，我知影著緊揣一个有愛的所在做工課，若無
我會傷心甲著病。

104 年我去烏來做學務主任，洪校長答應予
我去輔導團，毋過干焦一個月會當出去一擺，彼
冬烏來扙著百年以來上嚴重的蘇迪勒風颱，洪校
長足辛苦，阮愛綴校長重建校園，顧學生的安全。
我的輔導團工課有做，穡頭有準時交件，毋過定
定請假。這个三進，做甲有一頓無兩頓，輔導團
嘛仝款共我當做是仝一家伙仔，無條件的支持。
105 年 2 月初一，我已經博士畢業，指導老師講
愛有閣較大的貢獻，拄好國家教育研究院欲揣一
个助理研究員，是助理教授的額。拄開始是人拜
託我去考，若有成著愛辭教師職，這毋是我原本
就有的按算，毋過我珍惜每一个天公伯仔安排的
挑戰，我有認真拚，去幾若擺面試。毋過拖磨八
個月落來，啥物攏無。彼冬拄好選新總統，烏來
的司機攏講我佮蔡總統足全面，閣對萬年的倉庫
清一塊「民族救星」的石牌仔出來，我想講博士
讀了，一定愛做救臺語的「民族救星」，我毋才
會去考。彼陣教育部長換人，國家研究院院長嘛
換人，十二年國民教育課綱閣千變萬化，兩個月
會當完成的徵選，拖了閣拖。我犧牲做主任的機
會，最後煞無錄取，心內足艱苦。行政的路嘛按

呢閣斷橛。我歹勢佇咧等的過程耽誤烏來，所以我閣轉去五峰做老師，我就閣無法度去輔導團。這是三退。我對不起烏來，嘛對不起輔導團。

我家己出出入入足歹勢，輔導團嘛已經換胡校長做召集人。國家教育研究院彼齣，對我的行政路途影響足大。我猶是想欲考校長，106 年閣去文山國中做教務主任。陳校長干焦允准我做研究員，6 月初四進輔導團，7 月中就隨退團，是第四退。變來變去我家己都歹勢。107 年 4 月我決定無欲做行政矣，6 月閣轉來爭取五峰教評會的同意予我參加輔導團，這是五進。佮輔導團的緣份遮爾深，遐是一个有愛、有尊重的所在，遐有我上愛的臺語，閣有四个有風範、世界讚的召集校長。

今年我正式切斷我的校長夢，欲斷一个自教冊以來就有的夢真正無簡單。我的個性無拚到底是拍死毋退，這擺欲退，一半是知天命，另外一半是因為袂少歲矣。這幾個月以來，我已經覺悟矣，其實天公伯仔佇拄開始就安排做老師這上好的工課予我，是我家己捙跋反[8]，才會到今沐沐泅。108 年 1 月難得有辦考試，欲抾兩个，比登天較困難，我有去考，無牢，我當做是最後的解答。指導教授勤岸老師講：「考無牢是一種暗示，

咱人性命有限，愛做上要緊的代誌。」

我絕對無愛五退，絕對毋退。話講倒轉來，千算萬算毋值天一劃，毋管外在的有幾進幾退，我的心袂退，欲一世人做臺語的事工毋退。

人生啊人生，我 108 年 8 月初一，確定五退矣。這是另外一个故事，我已經順其自然看世事，只是我心內有向望，敢有六進？

♩ 語詞註解

1. 相佝：sio-thīn，相互扶持，力挺。
2. 捙畚斗：tshia-pùn-táu，翻筋斗。
3. 才情：tsâi-tsîng，才華、本事、才能。
4. 放捒：pàng-sak/sat，遺棄、丟棄。
5. 撨：tshiâu，商討、商議。
6. 著銃：tio̍h-tshìng，中彈。
7. 掠狂：lia̍h-kông，抓狂、發狂。
8. 捙跋反：tshia-pua̍h-píng，反覆折騰。

36
Huè

綴運命行的組長

人生好穗無人知。
我干焦知影，像阮這款綴運命行的，愛善良認真就著矣！

　　我一直攏足拍拚，有家己的理想，毋過較濟時陣攏綴運命行。三十六歲都中年矣，若像干焦知影「無愛」啥物，毋知「愛」啥物。較慘的是定定為著團體的和諧委屈家己。我接行政做組長，拄開始就是綴運命行。

　　我第一冬佇山頂教冊。一下去報到，教務主任講伊欠一个教學組長，叫我鬥相共，我連考慮嘛無，隨應好！青盲[1] 的毋驚銃，啞口的毋驚兵，佇山頂愛教學兼設備，一个人做兩个人用，我無閒甲喙齒發炎。教學組長是學校行政上大組的，因為萬項[2] 攏佮教學有關係，公文本底就足濟，分袂出去的、學校無成立專人負責的、人揀[3] 無愛做的攏算我的，親像童軍教育比賽嘛是我咧無閒。我是第一冬教冊，個性閣袂挨推，就戇戇仔共一寡基本的工夫練起來矣，嘛愈來愈有自信。第一冬教冊，會當應付甲無落勾[4]，足勢矣，閣袂少人呵咾[5]我呢！

　　84年調來大間學校五峰國中，無可能輪著新老師做組長，我就綴運命行，乖乖仔做導師。五冬後會當占著輔導老師的缺算足好運矣，按呢我就毋免做管家婆的導師。毋是我家己褒，我個性好，好笑神，有古錐，人緣好，溫暖閣慈悲，和和氣氣，若拄著佮咱會合閣腹腸較闊的同事會

足呇[6]，若拄著雞仔腸鳥仔肚的，會予人怨妒，定著是愛看破[7]的代誌。人生短短，我心內有分好歹人，毋過無想欲傷計較。阮姊仔足煩惱我，講我自細漢攏無心機，目睭底無歹人。其實予人冤枉嘛誠厭氣[8]，毋過我相信天公會保庇。後來攏證明堅持善良是著的，先走[9]無一定先贏，踏人的頭來躘懸會無好尾[10]。天公有影是天公地道啦！

　　傷認真嘛會得失人。我做兩冬輔導老師，愛出頭的主任佮校長遐共我白布染甲烏。我彼陣少年驚死驚死，毋過嘛無想欲解說。有緣做伙就破腹相見，無緣就笑笑無來去。阮主任做人怪怪，無人欲做伊的組長，外口就風聲講校長欲逼我接。有一個佮行政較熟的同事共我苦勸講：「愛答應，無，你會死甲誠慘。」本底無想欲插，毋過實在驚予校長電甲金鑠鑠。7月底歇熱，我閣專工下晡三點去揣校長解說家己毋是烏的。這步棋行毋著去，是自揣死路，戇龜入甕。校長捌人捌足濟，一下開講就知影我的品質，煞堅持欲愛我接資料組長，變拜託我。看範勢無接會無命，我就答應。因為組長做甲袂穩，我就對烏的變白的，閣白鑠鑠。隔年校長閣拜託我接無人欲接的輔導組長。兩冬後伊退休，共新校長推薦我做輔

導主任。人生好穩無人知。我干焦知影，像阮這款綴運命行的，愛善良認真就著矣！

♪ 語詞註解

1. 青盲：tshenn-mê，指眼睛失去視覺能力。
2. 萬項：bān-hāng，各項。
3. 捒：sak，推卸。
4. 無落勾：bô làu-kau，沒有遺漏。
5. 呵咾：o-ló，讚美、表揚。
6. 峇：bā，契合、投緣。
7. 看破：khuànn-phuà，看開。
8. 厭氣：iàn-khì，一肚子氣。
9. 走：tsáu，跑。
10. 無好尾：bô hó-bué，不得善終。

37

Huè

王主任的流浪

行政路斷三橛無連莊，
一定有伊的意義，我干焦會當順天意！

　　「王主任」這三字的字形生了足成，「流浪」
這兩字嘛誠成，做「王」、做「主任」佮「流浪」
攏是人生！「王主任」的筆劃是「四、五、六」，
若奕[1]牌仔就連莊囉。毋過我這个王主任的行政
路，煞切做幾若檽。有行政的熱情，有辦教育的
美夢，就是無做校長的命。三間學校、三種主任，
正是我的流浪記。

　　先來講我姓「王」的心理。姓王有做王的期
待。自細漢學校的座號慣勢照字劃排，姓丁的、
姓方的才會排佇我的頭前，毋過我攏無拄著，所
以王的攏排第一。我人懸，用排列的嘛是排頭前。
橫直就是攏先予老師叫著，攏會先上台就著矣。
閣較閉思[2]，嘛予人訓練甲慣勢做王。我閣惜面
底皮[3]，想講頭一个上台愛做好樣，愛比人較認
真。拄著臨時點名無法度準備的，反應愛比人較
緊，漸漸就慣勢第一个上台。其實嘛袂穩，老師
較會看著我的認真，嘛記較會牢。

　　可能做王做慣勢矣，食頭路去做老師嘛是做
「組長王」教學組，一下做組長，就想欲做辦公
室的王主任。毋過，機會嘛毋是喝有就有。我想
講乖乖仔共老師、組長的工課做予好，若有機會
做主任一定會好好仔寶惜。94 年真正予我做甲輔
導主任，三十七歲算少年的，囡仔才咧讀小學，

有淡薄仔犧牲著佃。佳哉,我咧照顧學生,天公
伯仔就派人鬥顧阮查某囝。彼陣,我定定是規間
學校上晏下班的,轉去到厝欲倚九點,攏食清飯。
人苦勸我講代誌無做了的彼一工,道理我捌。嘛
毋是我飯桶[4],是代誌有影無閒袂了。我閣慣勢
共代誌做甲會當安心的坎站,隔轉工較好接咧,
嘛較袂去共別人延[5]著。嘛因為學生囡仔放學了
後佇外口若有狀況,較晏嘛著處理。

　　都做主任矣,就閣想欲跮起去做學校的王,
考校長。毋過,毋是遐順利。較厭氣的是,連做
主任的路都斷甲一橛一橛。第一橛佇五峰,因為
我較袂佮人嚾黨結派,就予人看做是前一个校長
的人共我夾擲掉。另外一个總務主任,隔一冬嘛
是全款運命。我就轉去教育局的輔導團鬥相共,
閣一冬就派去做本土語言指導員,予我的世界佮
眼界一直楦闊[6],毋才有機會共臺灣捌較深,閣
考牢博士班。佇新北市看學校到 103 年彼冬,心
內想講莫抛抛走,靜心來寫博士論文,就臨時答
應轉去學校做主任,因為對市政府愛有道義,穡
頭袂當喝斷就斷,我就答應學校先做補校主任,
時間較有伸勻[7]。毋過,奇囉,這世人第一擺拄
著,到 7 月底撨無好勢,做無成,嘛表示以後佇
學校無好日子通過矣。我隔冬就去流浪矣!

　　第二欉是 104 年走去烏來做學務主任。兩个校長的交接典禮才辦煞，都猶未正式開工，就拄著百年的大風颱『蘇迪勒』。有人講我哪會遐爾衰，毋過我攏感覺是因為我負責任閣會堪得食苦，天公才會派我去遐顧學生。我就向前行，啥物攏毋驚。彼冬，籃球、歌謠、品德教育、社團……顛倒表現甲有夠讚，攏破創校的歷史紀錄。全彼年，我個人嘛是大豐收，我提著閩南語語言能力認證考試的專業級，全臺灣才三个喔！我嘛提著博士學位。敢是救災的功德做有夠？哪會知博士學位煞共我的行政路切斷咧？我答應欲去考國家教育研究院的助理研究員，毋過若考有牢就是行學術，著愛辭國中的頭路。心肝結規丸呢！決定欲考了後，我嘛無法度答應閣接主任，驚若學期中辭職，學校愛重揣主任，真正會起痟，揣主任毋比揣代課老師遐簡單。會拖遐久是因為拄著臺灣換總統、換教育部長、換研究院院長，兩個月會當完成的甄選，拖欲八個月。我拚過幾若關，煞輸佇最後一關。考無牢，付出的代價誠大，行政路閣斷欸，轉去原來的學校，連申請去輔導團的機會嘛無去，閣愛面對人叫是我無才調做主任的涼腔仔話[8]。彼陣嘛無可能共人講這段過程。人生就是按呢。人分牌，我家己欲奕欲碣

注的，袂當怪人[9]。雖然佇烏來學著啥物攏毋驚，毋過轉去五峰繼續予人叮，嘛是驚甲欲死。愛意志足堅強，一直掰蠓仔。

第三橛是106年猶毋甘願放棄考校長的戀夢，閣想欲共「教、學、總、輔」四種主任攏做過，考試就較有贏面。拄好文山國中有教務主任的缺，感覺若像離成功閣進一步矣，啥人知入虎口無死嘛烏漚。我毋驚做閣毋驚艱苦，毋過我無愛佮人冤家，嘛無愛看人冤家。106年2月底我跋破跤頭腕袂行，就像100年彼冬，已經報名欲考校長矣，毋過煞蹛院開刀，分明是天公擋毋予我做校長。我自細漢就慣勢向前衝，無拚到底就毋放棄，這馬煞連拚的機會都無。這兩擺蹛院雖然無欲奪我的命，毋過攏用大斧頭共我鑿[10]落。100年我袂使去考，考試的辦法就換做愛連五冬考績甲等。破病嘛毋是我家己欲的，我請延長病假提兩年的丙等，閣等五冬就是七冬。人生是會當有幾个七冬咧？七冬內我會老，教育的變化嘛誠大，像講新北市營養午餐事件，一冬內考兩擺，補幾若十个候用校長，毋過我就是無彼个命，袂當考。會當考的時，少子女化減班閣年金改革較無校長退休，攏無開缺。我破病閣斷跤雖然醫好矣，五十歲矣閣操落去敢會堪得？我心理上無承

認老，毋過年歲就是年歲，較勢嘛毋通佮命運做對頭！

行政路斷三橛無連莊，一定有伊的意義，我干焦會當順天意！天公伯仔毋予我的，按怎求嘛無效。人生敢定著愛儉「教學總輔」四支王牌才喝「到」？我攑的牌無好，毋過「我王的攑的牌」毋管按怎就是「王牌」，最後攏贏，因為王主任流浪世界，已經開眼界嘛知影天地有愛。

♫ 語詞註解

1. 奕：ì，玩。
2. 閉思：pì-sù，內向、靦腆。
3. 惜面底皮：sioh bīn-té-phuê，愛面子。
4. 飯桶：pn̄g-tháng，愚笨。
5. 延：tshiân，延誤。
6. 楦闊：hùn-khuah，拓寬。
7. 伸勼：tshun-kiu，伸縮、變通。
8. 涼腔仔話：liâng-khiang-á-uē，風涼話。
9. 怪人：kuài--lâng，怪罪別人。
10. 鏨：tsām，砍、剁。

38
Huè

攢好咧等咱矣

苦若忍會過，人生就閣開出一蕊花，
誠神奇呢！

神攏攢好咧等咱矣，毋管拄著啥物袂過心的
代誌，伊攏會予咱的心有藥醫。咱毋是先知先覺，
代誌拄著的時無法度隨[1]了解神的安排。若以我
的經驗，有當時仔隨知，有當時仔一兩冬，上慢
五冬就了解。人生自[2]來苦，先苦而後甘，痛苦
的所在拄好是成長的所在，嘛是為著閣較圓滿的
未來佮靈魂的自在。

「苦」是會疼、會凝心的感覺。下底欲講
的苦，我早就決定無欲囥佇心肝內。這愛感謝
三十八歲這冬，我去參加福智文教基金會的研
習，共我攢好「觀功念恩，學習快樂」的金句。
其實佮別人比起來，我的苦可能猶無夠苦，毋過
彼陣是真正鑽心肝，揣無路。後來才了解，苦若
忍會過，人生就閣開出一蕊花，誠神奇呢！

十八歲進前較無煩無惱，才開一蕊花。了後
愛情、家庭、上班，逐項攏足濟挑戰，開幾若蕊，
大大細細鬥鬥咧，無規欉嘛有一枝。我共會苦、
會疼、會凝心的記持略仔分做下底這三款。

第一款是我無法度選擇的身世。小學三年
的時，幾个仔查埔同學笑我無老爸，共規桶水
對三樓灌對一樓，刁工灌佇我的頭殼頂，害我
哭甲[3]。無老爸敢[4]是我討來的？拄著這款予人
侮辱的代誌，有的人會唱聲欲變甲比退的人較

大尾，通「予個好看」，毋過我驚予阿母傷心，我是決定欲「好予個看」。這嘛提早確定我這世人愛好好仔讀冊恰做好囝，等到我比個較厲害彼工，就無人敢觸我矣。無老爸這蕊花予彼桶水沃一下開甲上婿，因為伊是欲迎向光明的日頭花[5]。

　　第二款是我彼个共享思考的原住民翁。伊的民族性講較好聽是分享，其實是無分內外恰輕重。我大學欲畢業彼冬，早就有結婚的拍算，伊竟然孤男寡女恰全鄉的女性去屏東三工兩暝，講欲做田野調查啦。甲無想邪，欲答應進前哪毋先共我講？欲去的前三工，才無細膩[6]予我問著，我叫伊予我綴攏毋通，閣講我毋是原住民毋捌。我苦求嘛無效，伊表情為難毋予我綴。敢著？我予氣甲閣無伊法。彼暗我轉去高雄，一个人佇高雄車頭流目屎。伊三工後轉來臺南，嘛無交代彼三工咧創啥。問嘛毋講的態度表示伊根本無看重阮的感情。彼陣我足想欲規氣扯[7]扯咧，毋過閣軟心，可能嘛是做伙五冬慣勢矣，雖然我心內感覺怪怪，落尾猶是原諒伊。我的心予伊按呢攕一刀，已經著重傷矣。我叫是彼擺冤了就無代誌，後來嘛是嫁伊。想袂到佇我生頭一胎，人佇臺南做月內，無意中看著伊的電話簿仔，發覺個閣有聯絡，我隨恰伊反。啊囝都生出來矣呢……。人

講做月內袂當吼,目睭會害去,我凝甲擋袂牢,
一直流目屎。誠後悔當年無佮伊扯。這是查某人
的悲哀⋯⋯。

伊的文化有分青年階級,全階級的朋友園第
一,在我看來是傷過頭。無嫁毋知,結婚了來臺
北做伙蹛,我著愛忍受彼款半暝兩三點等無人的
驚惶,定定攏著等伊佮庄跤的人啉酒聚會煞,駛
高速公路轉來,聽著伊開門的聲我才敢睏。捌有
兩三擺閣是吐甲規四界,隔工我佮伊溝通,伊閣
死鴨仔硬喙桮[8],閣賴講我對伊的族群有意見。
甲若有意見,當初敢著嫁伊?到今我攏擛雙手拍
噗仔閣誠感謝政府彼陣開始掠酒駕,若無,無害
死別人的家庭,嘛害死家己的某囝。

伊共享的文化是傷超過閣無自覺。我84年
調來臺北,想欲留職停薪拚碩士論文嘛毋敢,較
艱苦嘛喙齒根咬咧,因為需要薪水來付新厝的工
程款。買新厝除了完成家己自細漢對家庭的向
望,閣較想欲有穩定的家庭生活來晟囝。86年
6月20搬入新厝,嘛才三間細細間仔的房間,
伊煞主張欲予個三姊佮個大姊的大漢查某囝搬入
來和阮蹛,閣欲一人蹛一間。咧起痟[9]呢?我做
人新婦,誠無愛佇個兜出意見,毋過這擺去礙著
我矣,我定著愛出聲唱予明。阮翁煞共我罵,彼

款買新厝的幸福佮快樂隨無去。雖然到尾仔是我贏，我當初的堅持才有這馬家己的生活，毋過伊一直怨嘆我到今。

伊的文化是為族群付出，所以庄跤才是伊心內的厝，庄跤的人才是伊正港的親人，我閣按怎有功勞、苦勞抑是疲勞，等欲相比的時，無姓林就攏無準算。105 年有一件予我閣較失望的代誌，阮儉腸凹肚十外冬攢欲予囡仔讀冊的教育基金，伊連講一聲嘛無，就規个解約寄轉去鬥起新厝。我是會當參詳的人，毋過我誠無愛人共我騙，何況是上親的翁婿？我都毋是戀人閣，哪會謅得？我是去鑢寄金簿仔，隨發覺毋著嘛臆著大概。彼時刻，我感覺我的人生一場空。我去問伊，伊拍人喝救人，見笑轉受氣，喝欲佮我離緣 [10]。我諒伊咧講氣話，無欲綴伊舞，嘛為著囡仔袂當綴伊起痟，毋過我規个人感覺若欲無命去矣。婚姻對查某人來講是性命的全部，閣較恩愛的夫妻嘛是有鬥袂峇的所在。我追求自在清心的生活，我主張互相尊重。伊按呢，我有無奈，毋過無怨恨。

想袂到正港氣惱的是厝起好的時，三間套房予人占了了，庄跤所在阮出一百萬，敢無才調踮一間仔細間套房？伊無替我想，才會予我遮感心。個三姊比阮翁較大漢，該當尊存。個大姊的

兩个查某囝先占先贏占一間。我較受氣的是三姊家己的查某囝嘛占一間。算算咧兩母仔囝三間套房內底就占兩間，做人敢會當遐爾無品？我叫阮翁去講，伊煞變面講欲離緣，這是第二擺矣，我感覺天烏地暗。我都毋是無人愛才嫁予原住民的講。嫁予伊佗一項無照起工仔做？我較閉思，算讀冊人，閣是查某人，我干焦向望莫閣予我過彼款捀內衫、內褲、面桶，經過逐家圍咧開講的大埕去洗身軀的日子。物件紮無齊，著閣穿甲規軀好好才敢出來提。身軀洗了，當想欲放輕鬆，煞著穿甲逐項著，經過大埕閣愛予人看一輾。半暝想欲放尿攝甲無法度矣，才用摸路的去便所。挂著寒天閣會顫甲足悽慘！伊若有愛我，敢講結婚二十五冬看袂出我的痛苦？我當初是目睭去扭著是無？今都起新厝矣，我敢著一世人連放尿、放屎、洗身軀著遐爾艱苦？咱若無出錢，就恬恬囥踮，毋過論輩、論歲、論錢額比例，敢無才調分一間仔有便所的？為著久久長長的自在，我決定家己出面，共代誌講予清楚。我本底嘛好禮仔佮個三姊溝通，哪知戀翁的佗一條神經線去被著，起狂當我的面捽破兩副家己的目鏡。伊第一擺共我捽物件，等於共阮的家庭和樂捽無去，碎去的鏡仁就若我碎去的心，嘛捽醒我去看清伊的價值

觀。伊哪會攏無佮我？為別人共我歹？閣講兩擺
離緣？閣摔物件？伊是佮我結婚、生囝，毋過敢
有真心疼痛我？看範勢是袂向望得，我定著閣愛
堅持到底，靠家己才有機會。破碎的心，開出一
蕊勇敢的花。

　　第三款是工課上的有手伸無路。嘛會當莫去
想，因為社會接接的緣份，無像爸母、翁某、囝
兒遐歹分割，嘛無像做人新婦，面對旋藤的親情
愛加減配合。我是想無人心哪會像毒蛇？神明哪
會無支持善良啊？95年彼冬我感覺神明離我足
遠足遠的。自古我無論做工讀生、做家教、佇山
頂教冊，我攏做甲予人呵咾，我毋做矣閣予人留
規晡。哪會第一擺做主任，就無聲無說予校長換
掉？掣一越無夠形容，是掣兩三越。聽一下規粒
心崩去，我忍牢咧，轉去辦公室才吼。8月我逐
工覕入去政大圖書館看冊求平靜！才了解神是欲
予我歇睏，做六冬的功德有夠矣。102年，我本
底答應欲接補校主任，無拄好去得失校長，連輔
導團嘛袂當去，「勇勇仔馬縛佇將軍柱」。可能
是有頂擺的經驗，嘛可能年歲較濟矣，我這改就
較無遐疼，顛倒是誠好玄，神明是欲攢啥物等我？
8月我就覕去師大圖書館拚博士論文。一冬後初
稿寫好，就知影神的好意矣。本底欲予人夾死，

煞活出新性命，就若開佇石頭縫的百合，嘛有春天。

　　頂懸予我心疼的三層代誌，我無欲勉強家己去共個放抶記。我攏過心矣，嘛用感恩的心面對。到底這款安排有啥物旨意？啥物攏無要緊，因為我相信，一切攏是神的安排佮伊慈悲的愛！

語詞註解

1. 隨：suî，即刻、馬上。
2. 自：tsū，本身。
3. 甲：kah，……的地步。
4. 敢：kám，豈，難道。
5. 日頭花：jit/lit-thâu-hue，向日葵。
6. 無細膩：bô-sè-lī，不小心。
7. 扯：tshé，切斷關係。
8. 喙桮：tshuì-pue，鳥類扁扁的嘴。
9. 起痟：khí-siáu，發瘋。
10. 離緣：lī-iân，離婚。

215

39

Huè

啥物攏共比

家己開的十全大補湯藥方，
真正有偌著我臺語能力的元氣！

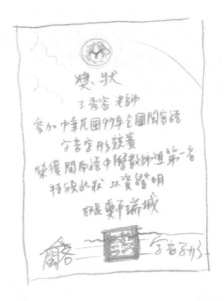

　　96 年我重轉來做輔導團員，彼冬嘛是語文競賽開始比臺語朗讀佮字音字形。這兩項比賽予推展臺語的花開甲足茂足婿的。誠歡喜家己會當陪學生囡仔參與。

　　我的臺語花嘛是恬恬仔綴咧開。我拄開始是學教會羅馬字，因為有英語底 [1]，民間的十五音切、通用、注音符號，抑是教育部正式公佈的 TLPA 佮臺羅，我攏家己看冊學。語文競賽的臺語類拄開始是干焦比演講，到 96 年就有朗讀、字音字形，我嘛啥物攏共比閣逐項攏訓練學生去。彼當陣以阮學校的規模會當派兩个囡仔，本底是干焦無閒演講，這馬愛一个人舞 [2] 三項，掛家己的鬥鬥咧愛練七个人，嘛有舞出淡薄仔成績。我去比賽是欲做學生囡仔的好樣，陪individuals完成任務，嘛希望予individuals的人生有臺語的記持。一般來講國小的老師較重視語文競賽，我是國中老師內底較積極的。以字音字形來講，我共教育部拄開始公佈的朗讀聲音檔，當做字音字形咧練。我的掠音閣準，漢字認真寫嘛婿，羅馬字的字形袂去共外文系落氣著。雖然市賽干焦我一个國中老師報名，毋過我攏用全國賽的標準來要求家己。聽講我閣考比小學老師較懸分，咧欲滿分。

　　閩南語音字全國賽的題目無範圍，愛看足濟

資料。彼冬教育部干焦公佈 300 字詞,詞典嘛猶未上網。96 年第一擺國賽的考卷出足濟俗語、臺灣詩、唐詩,予足濟人驚著。可能無辦這款比賽的經驗,題目的版面有夠花[3],欲考 200 字,毋過一條題目的答案無在穩[4]一字,比賽才十五分鐘,都緊張甲連筆都拖抾行矣,哪有才調[5]算看寫幾字咧。閣較僥倖的是考卷無提醒「閣有題目」,我無掀[6]過去看「冊皮」嘛有題目,第 65 到 68 條四句俗語,攏總二十九分就送人矣。我真正攏會曉寫,因為我 92 年扑一个工作坊,出一本《國台英三語俗諺快譯通》,共陳憲國、邱文錫兩个先的的諺語典反[7]甲誠熟,寫演講稿、劇本、母語日活動攏誠捷用。莫怪我比甲閣有賰時間。是家己失覺察[8],才著第二名。毋過無時間通悲傷失志,我欲提第一名。我全款是背董忠司的詞典、教育部的 700 字,閣看俗語、三字經、弟子規、唸謠、梁炯輝的唐詩三百首、臺語古詩集、臺語俗諺語、一百篇朗讀稿閣足濟收集來的資料。我驚漢字寫甲無夠婿,閣共查某囝學筆劃……。家己開的十全大補湯藥方,真正有㧒著我臺語能力的元氣!

　　感謝第一冬提第二名,才會讀較濟冊贏著第一名。光榮畢業毋是驕傲,因為輕鬆矣,免閣比

矣，嘛是擔重擔的開始。我的音字徒弟吳芳，嘛
提著全國第二名，伊若毋是因為愛去讀北一女，
我感覺伊會佮我全款，佇隔轉年提著全國第一
名。

ㄅ
語
詞
註
解

1. 底：té/tué，背景、本質。
2. 舞：bú，忙著。
3. 花：hue，紛亂、錯亂。
4. 無在穩：bô tsāi-ún，不一定。
5. 才調：tsâi-tiāu，本事、能力。
6. 掀：hian，翻閱書本。
7. 反：píng，翻閱。
8. 失覺察：sit-kak-tshat，疏忽。

40
Huè

指導員幹角看著愛

做指導員若像共我的孔子目開光點眼，
予我幹入去美麗的臺語世界。

　　我四十歲接著本土語言指導員的新任務，若飛來飛去的蝴蝶佇新北市傳播臺語的花粉，欲予臺語這蕊上媠的花會當結子生湠[1]。

　　素年前輩佮我攏是 92 年創團的同伴，伊喃[2]講陳校長會揣我做指導員。我共講我閣四冬無來輔導團，會當閣入團已經足感恩矣，上好是問遐的舊的。後來校長真正揣阮。我共校長講：「你叫我做啥我就做啥，毋過我驚人講我搶位[3]。」我有小可仔挨推，嘛講幾若擺愛尊存舊團員，閣戀戀拜託校長去問看有人欲做無，若無人欲做，我做無問題。想袂到慈祥的校長真威形共我講：「我到今攏無問過別人，阮做校長遮濟年，毋是看年資咧揣人[4]，我是欣賞你的優秀佮好品質。」我聽一下有夠感動，目箍[5]隨紅。到今猶共這句話記佇心內，逐擺想著攏足想欲吼。我進前誇口講，予人夾掉主任三個月心就平靜矣，其實正港[6]的療傷止疼算是這時刻。我散食家庭大漢，一世人否定家己、無信心的機會，濟甲若貓毛咧。生緣有自信，毋過心內有講袂出來的細膩佮自卑，面仔攏笑笑講無代誌，心肝煞定定是著重傷。校長用堅定的氣口講我優秀，我有予人諒解的敨放[7]。主任退朝這兩冬來，我鼓勵家己「山川其捨」，這馬總算有人看著我是一粒會發光的夜明

珠，毋是予人擲 [8] 來擲去的鳥鼠仔屎。既然校長看重我，我一定欲為輔導團拚江山。

做指導員是我人生誠大的轉斡。我的工課是佮客家語、原住民語的指導員，去巡看新北市的學校的本土語言推揀了按怎、提供資源、分享資訊佮解決問題。我這隻菜鳥仔，第一冬就去輪著召集人，愛佮教育局、輔導團、校長、學校、老師、母語日訪視的委員接接，一寡臨時要務嘛需要我來攏頭。我有行政經驗，閣有學過輔導捌寡心理，聯絡起來誠貼心，訪視的會場攏賓主盡歡。做指導員會當揀臺語是上大的意義，閣會當看著足濟校長辦教育的智慧，欣賞各地方的特色，嘛共學校抑是老師解決袂少問題。上山落海享受新北市的好景緻，閣會當參加教育部較懸層次的培訓，接觸上新的教育資訊閣熟似各縣市的勢人，誠符合我這个愛學習的人。四界拋拋走有影足忝，毋過精神足快樂，眼界佮心胸閣較開闊。這冬我閣拚頭前一直參加比賽，陳校長佮後來的劉安訓校長，攏笑笑詠 [9] 我講：「哪會閣著獎矣？」歇熱歇寒嘛愛去演講，幫助閣較濟基層的老師。

做指導員若像共我的孔子目開光點眼，予我斡入去美麗的臺語世界，發展出閣較深的愛。上帝共我關行政的門，毋過共我開臺語的窗，共我

對英語幹去臺語，閣幹入去師大臺文所博士班。

每一个幹角攏有愛。

♩ 語詞註解

1. 生湠：senn-thuànn，繁衍。
2. 喃：nauh，小聲地自言自語。
3. 位：uī，身處的地點或階級。
4. 揣人：tshuē-lâng，尋找屬下。
5. 目箍：bak-khoo，眼眶。
6. 正港：tsiànn-káng，道地的。
7. 敨放：tháu-pàng，解放；解除束縛。
8. 擲：tàn，丟。
9. 詼：khue，嘲笑、逗弄別人。

41
Huè

愛恩典的錄音博士生

這冬上帝予我恩典，予我愛，予我讀師大的博士，
予我會當為臺語留聲音。

拄著[1]攏是恩典。我四十一歲這冬指導員做甲好勢好勢,閣著教育部優秀指導員的獎。演講嘛提著臺北縣第一名,有去比賽全國賽,毋過無著前六名哭甲。臺北縣的文學獎差一點仔三冠王,敗佇童話加兩字,煞連名都無。教育部的文學創作小說〈阮四个偷走書〉著第三名,前一冬的〈氣象報導〉是第二名。我閣積極參加閩南語相關的研習佮活動,嘛四界做臺語的工課,像講去教育廣播電台錄生活對話短劇,去其他的縣市演講佮評審……。遮攏開闊我的眼界,攏是性命中足媠的記持[2]。毋過有兩件會使講是上帝賜予我的恩典,是我上感謝的!

我師大臺文所博士班考兩冬才牢[3],98年阮這屆扶[4]六个。我英語底的,靠自學準備考試。師大行多元的研究方向,臺灣各民族的語言、文化、文學攏愛讀。看較濟、看較闊,就閣較了解咱臺灣,嘛才知影這塊土地頂懸,可憐佮可愛的人事物,定定半暝看著臺灣的過去,看甲流目屎,感覺愛用賰的[5]性命為臺灣拍拚。大學進前的學習是政治設計的,有部份若白讀的。大學外文系學的文學批評、語言概論、英語教學顛倒[6]對博士班有較大的幫贊,因為臺灣本底就佇世界文學佮語言的範圍內底,攏有法度用世界潮流來融通

佮轉換。過去政府無注重臺灣文化，毋過文化是咱生活的展現，我出世佇高雄傳統的臺語家庭，我的血脈有臺灣味嘛有文化的底蒂。82 年我佇師大修英語教育學分，一直向望最後的學歷會當提著師大的。上帝有聽著呢！伊有成全我的讀冊夢。來到臺文所綴足濟老師學習，特別是所長李勤岸教授，伊有詩人的浪漫，革命家的熱情佮宗教家的疼心，建立我的臺灣意識佮鼓勵我寫作。

閣一件足美妙的代誌是我有機會替《教育部閩南語常用詞辭典》錄音。除了感謝阮兜[7]是高雄腔，上愛感謝鄭安住老師的推薦佮辭典管理者林佳怡願意予我機會。彼陣我才理解自細漢唱合唱團的音質佮音準、外文系的語音訓練，攏是為著欲替詞典錄音。時到花便[8]開，干焦上帝才有遮奇妙的設計。閣較好運的是會當綴審聽的陳憲國老師佮盧廣誠老師學，這對我後來的臺語工課佮發展是足大的福氣。錄辭典予我的人生閣較有意義，只要時間若拄好[9]，做義工[10]我攏願意。我的聲會當予人類運用、予臺語傳承，就是上歡喜、上有意義的代誌。

這冬上帝予我恩典，予我愛，予我讀師大的博士，予我會當為臺語留聲音。我嘛決定永遠欲綴恩典行！

♪
語詞註解

1. 拄著：tú--tio̍h，碰到、遭遇。
2. 記持：kì-tî，記憶。
3. 牢：tiâu，錄取、考取。
4. 抾：khioh，收。
5. 賰的：tshun--ê，剩下的。
6. 顛倒：tian-tò，反而。
7. 阮兜：gún tau，我家、我們家。
8. 便：piān，就……
9. 拄好：tú-hó，恰巧、剛好。
10. 義工：gī-kang，志工。

42
Huè

改變的力量

改變的力量佇家己，
講會到嘛愛做會到

　　人生嘛咧¹古錐，當當咧大歡喜大感恩的時，命運的牌就出難局予我。歡喜的代誌若是一，愛忍耐修行的就是十。像懷胎忍十個月，歡喜共囝生落來一工，閣愛拖磨一世人。閣親像讀規層間的冊，考牢博士班放榜彼時間，歡喜十分鐘久爾，紲落是六七冬的暝日拍拚佮一世人的使命感。我誠樂天²，毋過我認為人生自來苦，按呢講逐家嘛免驚，因為上帝袂放外外³，欲發生特別的代誌進前，伊攏會先攢予咱會當擔當的力量。

　　99 年這冬，因為讀博士重做學生，規個人攏青春起來，閣因為做指導員四界看學校，嘛共辦教育的熱情揣轉來。毋驚你笑，我半暝仔寫日記，攏三合一叫家己「博士校長作家」。定定佇心內按呢喝⁴，嘛時時為伊按呢拍拚。99 年的年底，我有去報名考校長，煞佇 100 年年初破病蹛院⁵無去考。破病這局真正是難局，嘛好佳哉上帝半冬前就予我練武功儉力量矣！

　　有一个基金會，免費提供一兩个仔名額欲予教育人員去參加「改變的力量」五工的心靈活動。若納錢⁶著三萬五千箍，貴參參⁷，我無可能家己去報名。拄好負責人是阮學校的家長委員，共阮陳校長問看伊欲去無，抑是推薦一个人，阮校長隨推薦我。因為彼个負責人是基督教徒，伊另外

閣去教會問阮輔導團的陳校長,校長嘛是推薦我。無仝校長,無仝系統,無仝所在,推薦出來的攏是我。這个負責人講伊聽著我的名,隨起雞母皮[8],感覺太神奇囉,是神的安排。閣拄好兩个優秀的校長攏閣姓陳。伊講我一定是對教育足付出的,無論按怎嘛愛促成我去參加。我想講免錢的去看覓嘛好,才袂對兩个我敬重的校長歹勢,就一關仔一關通過個的面試。

彼五工阮蹛佇桃園一間五星級的高爾夫大飯店。活動足讚的,心靈有提昇閣有增加滿滿滿的力量。我驚人課程有機密,歹勢佇遮講傷濟,干焦講三个助我度難關的撇步就好。頭起先是「改變的力量佇家己,講會到嘛愛做會到[9]」。阮這組有一个恰查某囡有誤會,毋願抱孫的黃總的,伊的查某囡傷心甲。活動結束,伊叫個查某囡抱孫仔來接伊,閣共孫抱來予阮看。我這个一切照計畫行的金牛座,是有改變我對「改變」的看法,學著改變無一定無好。閣有「堅持神奇 21」,就是萬項代誌堅持做 21 擺就會慣勢。上尾是改變面對困難會驚的心理,「勇敢」面對挑戰,心莫懷疑[10],喙綴咧喝「一兩三四五,go,go,go,go,go」,勇敢向前行,頭過身就過。

「改變、堅持、勇敢」這三項一世人攏用會

著。我有共用佇教育佮做臺語，後來嘛是靠這三
項佇 100 年戰勝大病，閣活過來。

♫ 語詞註解

1. 嘛咧：mā teh，也實在是 ……。
2. 樂天：lȯk-thian，樂觀。
3. 放外外：pàng-guā-guā，疏遠、不關心。
4. 喝：huah，喊，指提醒自己。
5. 蹛院：tuà-īnn，住院。
6. 納錢：lȧp-tsînn，繳費。
7. 貴參參：kuì-som-som，非常昂貴。
8. 起雞母皮：khí-ke-bó-phuê，起雞皮疙瘩。
9. 做會到：tsò ē kàu，做得到。
10. 懷疑：huâi-gî，對人或事疑慮。

43

Huè

拍叉仔待箍仔

毋管拍叉仔、待箍仔，人生攏是家己戰家己，
輸贏嘛是家己來定義！

　　100 年的時，毋管有認同「中華民國」這个
國號無，逐家攏愛臺灣，四界攏有辦一寡慶祝的
活動。我嘛誠佮意 100 這个數字，有圓滿、予人
呵咾、想欲共捅[1] 讚的感覺。毋過，我實在毋知
家己佇 100 年的遭遇是有讚抑是無讚？欲笑抑
是欲吼？細漢我誠愛耍拍叉仔徛[2] 箍仔的遊戲，
佇壁頂、塗跤、沙地仔、日誌紙攏會當耍，毋管
分著叉仔抑是箍仔佗一國，啥人會當佇井字頂懸
共全款的符號連做一條線就算贏。我彼陣定定贏
喔！一般得對符號的理解，叉仔代表穩的、衰
的、毋著的，箍仔代表好的、讚的、著的。照按
呢 100 年這冬，我的生活是叉仔箍仔攏總有，若
像家己戰家己，按怎奕嘛輸，按怎奕嘛贏。敢是
上帝咧滾耍笑？抑是伊暗中欲佮我拚輸贏？先來
講叉仔，才來講箍仔，愈來愈好，用歡喜收尾，
較有一个感恩、平安、快樂的心情。

　　上大支的叉仔就是我著奶癌。佇遮講出來
愛誠大的勇氣，毋是驚人知，毋是歹勢講，是因
為我感覺公還[3] 公，私還私，報好消息較歡喜，
嘛因為別人愛煩惱的代誌袂少，破病閣毋是歡喜
代，哪通予朋友的精神加負擔？我閣袂慣勢喝救
人求安慰，因為凡事落尾嘛攏愛家己去面對。敢
著了氣力閣無彩時間聽一寡無聊的盤擋？我甘願

孤單。我閣較無愛人用同情的眼神看我，嘛毋願無理智的人共我點油做記號，講我著癌就一世人抾捎[4]。我誠好鬥陣，毋過無啥愛攪吵人，嘛無啥欲予人攪吵，佇冬半的病假，我用簡單的散步佮日日寫作來抗癌。佇政大後山佮貓空行來行去走揣平靜，簿仔紮咧，行到佗寫到佗，想著啥就寫啥。頭殼內的想法是千變萬化，三暝三日嘛講袂煞[5]。簡單來講：足孤單、無咧驚、愛家己、下大願、感恩啦！

破病進前我無啥咧做運動，今拄著矣，為著活命，我規定家己，毋管霜風冷雨，連紲 21 工攏愛出門散步，就按呢我建立散步的習慣。我定定去山頂合雙手，遙向指南宮，共天公佮眾神講大細項心事。有天公予我精神力量，閣用彼步佇心內喝「一兩三四五，go，go，go，go，go」，才會當佇化療的時，安搭[6]彼若予人放火燒虛荏的身軀。頭殼若無細膩走去負面的想法，我就安慰家己講「無好的代誌無一定無好，凡事攏是神上好的安排，攏有神的啟示」。

我一世人連感冒嘛足罕的，嘛無蹛院的經驗。應該是散食囡仔無破病的本錢佮美國時間。所以我足怵，聽講開刀注麻射誠危險，有可能會當入去，袂當出來。我就佇開刀進前，緊共重要

的代誌交代予好,閣去共貸款還予清,驚厝裡的
人捎無摠。閣有一件袂當有遺憾的代誌愛完成,
我答應阮細漢查某囝,欲佇伊十二歲的生日彼
工,予伊坐副駕駛的位,載伊踅[7]大路。伊自小
學一年的就向望到今。不而過,伊生日彼工我著
去蹛院,錯過時機就失去意義,嘛驚無人會記得
伊這个心願。所以佇入院前一工的下晡,我趕佇
伊四點放學進前,對指南宮求平安趕轉來佇厝等
伊。雖然寒人天色誠緊會暗落來,我嘛是趁軟晡
載伊去貓空的山頂踅一輾足大輾,若像共山頭畫
一个圓箍仔咧。伊才小學五年的,伊知影我破病,
伊囥佇心內的驚惶一定比我較滇。

神對我誠好,可能是因為我啥物神攏信,
是「無計較」的信徒。我著癌的時,大漢查某囝
咧讀國中三年的,5月就欲考國中基測,算是人
生誠重要的坎站。我足驚會影響著遮爾重要的考
試。毋過,化療的射揍落去,三魂七魄佮頭殼頂
的頭毛全款,走走無無去矣。我連頭毛都顧袂牢
金光頭矣,欲管嘛無法度得,極加是共金光頭當
做光明燈,祈求伊得「功名」。有一工,我夢著
伊行佇一條上崎[8]的路,行到上頂懸的時,伊跳
過一个空,越頭笑笑共我講「過矣」。照我這个
逐工做夢的專家,佮家己解夢的文學經驗,我知

影這款夢境穩當是一層誠歡喜的預言。有夠準的呢！全彼工欲暗仔，伊對學校轉來，用夢中彼款自信閣輕鬆的笑容共我講伊錄取北一女中矣，是用全校第一名的成績佮臺北市的一般生落去比的。閣較歡喜的是，伊靠實力，毋是靠原住民加分。隔工有幾若間報社抑是電視記者來學校採訪伊。這是一个大圓箍仔。神定著知影我做人老母的煩惱，連囡仔的升學，都共我攢甲遮爾好勢。當我咧怨嘆一世人做好代，哪會好心無好報著癌，心內當懷疑神敢有佇咧，伊就證明伊的存在予我看。我嘛才閣較有信心來祈求伊予我平安，求伊鬥顧我的兩个囡仔。

神毋但有安排，閣有派足濟天使來。拄開始予醫生宣佈我著癌，我無啥物特別的表情，心內想的是囡仔佮欲按怎共阿母交代。我無想欲死，我袂當死。後來有理智，才變毋驚死。等共政大後山摸透透了後，到尾是虔心想欲活佇這个可愛的世界。誠濟毋捌破過病的人攏叫我莫驚，毋過無人予我半个仔莫驚的理由。後來，有兩个差一點仔無命的人所講的話，才予我有信心變毋驚。阮臺文所所長勤岸教授，專工敲電話來提醒我「人的意志足重要」。閣有另外一个有換過腰子、有瀕死經驗的教授朋友講，死亡臨到的時是

規片和祥歡喜的光，欲引咱去西方極樂世界，若有一絲仔躊躇，顛倒會墜落輪迴。這予我感覺，人生毋管生抑死攏愛迎向光明，袂當烏暗過日。閣有足濟致過癌的人，攏足歡喜閣共我拍噗仔講：「早期發現是足有福氣。干焦割一塊肉爾，無去動著五臟六腑。」連共我鬥人工血管的醫生嘛講：「六個月後閣是一尾活龍。」閣有，我去政治大學的圖書館借足濟冊轉來看，作者嘛是幫助我的天使。咱身體足奇妙，細胞會自我治療，當了解癌是身、心、靈無通敨的結果，就知影著癌是性命的再出發。這擺若好運度過難關，日後的保養閣較重要。最後一擺化療準備收工進前，我閣去借三十本抗癌成功的故事，看家己後一步欲按怎行。

本底是欲算看閣會當活幾冬，小準備一下，想袂到看著幾若个活三、四十冬，猶閣好勢好勢的人。我想講無出冊分享過程活愈久的人，一定閣愈濟。看成功的例，予我開始相信神予咱破病是一種善意，是欲教咱愛開始共身體佮想法顧予好勢爾，我未來的人生閣是彩色的。足濟作者攏講著癌是禮物，雖然拄著矣，我無怨嘆，毋過我是無拍算欲共講是禮物，因為平安無代誌上好。到今我便若看著無完全的身軀佮空喙，猶原稀微

閣無奈。毋過，已經是上好的處理矣，就像醫生講的：「歹物仔都欲挃 9 你的命矣，閣留彼欲創啥？」咱人有影會共家己的痛苦放大，其實大部份的人攏中中仔爾，無遐嚴重，毋免遐驚惶，抑是遐爾怨嘆。

　　有一本冊，叫做《禮物》（The Present Is the Present），共 present 這字的雙重意義講甲足拄好，「禮物就是當下，當下就是禮物」，即刻心內有快樂、平靜、自在，就是神予咱上好的禮物。身軀邊攏是神派來的天使，像天頂千變萬化的雲佮虹、山頂溪邊看著的草花、樹仔、蟲豸、鳥隻佮四季的變化，攏足趣味。我捌佇暗時的駁岸的路燈跤徛欲半點鐘，看蜘蛛自頭到尾經一个網，古錐閣拍拚。有可能風一下吹，過路的人手一下扳，伊無閒一暝的苦工就無去矣。毋過，伊猶是遐認真欲活落來，細細隻的蜘蛛，予我大大的勇氣，這敢毋是上好的禮物咧？我的淋巴予醫生提八粒落來，手愛定定攑懸，循環才會通敞。我數街路石仔，算出三百三十塊地磚的「330 健康路」，有一欉水柳，彼陣樹椏的懸度拄好予我練會著手攑懸。寒天伊的葉仔落了了，配溪邊白茫茫的菅芒，我逐工看逐擺想的攏是滄桑佮悲涼，我雙手攑懸，其實若像咧共天抗議。有一工

暗暝，我雄雄看著伊的幼穎，路燈火焇出伊的新
生佮青翠，當下我完全了解矣，著癌是人生的寒
天，心內有光，人生處處有新穎、有春天。若硬
欲講著癌有提著神予我的禮物無？可能就是，神
用病疼強逼我這个業命的人暫時停歇。靜心了
後，我回顧家己一冬一冬的性命過程，我攏善待
別人，利益團體，我需要開始疼惜家己。疼惜家
己絕對毋是自私，是袂當操甲傷忝，是「予家己
有好心情」，嘛是「疼惜神予咱的天賦，去渡眾
生、做公義」。我想想咧，我就是文的，功德就
是做語文。善待家己就是「順心如意」，我順自
細漢就有「做功德」的心，我要意的是臺語，所
以我下的大願就是「永遠做臺語」，一直到真正
袂喘氣。

　　這冬我享受孤單，毋過我誠感恩逐家攏若天
使圍倚來幫助我，予我無驚惶。有當時仔招出去
食飯開講嘛是誠快活。彼陣我瘦幾若公斤，回復
大學時代的體格，心內其實足歡喜，閣規工睏甲
飽飽顧散步，正港「回春」矣！閣假頭鬃比我原
本的長頭鬃較有型，連我嘛想欲共家己畫大圓箍
仔抑讚 100 分！

　　大部份的朋友好玄過了後就四散去矣。毋過
有一个好朋友，就是拍死毋願退，自頭到尾陪伴

我，伊用宗教的愛佮智慧教我一个縮小痛苦、放大快樂的撇步：小小仔代誌，大大仔感恩。這句有影好用，後來我嘛若傳教全款，有機會就安慰全款著癌一時失去方向的人。這十字，簡單閣好記。我閣體會著「放下毋是全部放下」，若全部放下就成佛矣。我拄知影著癌的時，袂輸去予滾水 [10] 燙著隨勼手，走敢若飛咧。橫直進前做的代誌攏無求名無求利，所有的穡頭欲放嘛袂感覺無彩，連博士班我嘛毋敢強求，我隨決定除了活命欲全部放棄。彼時，神驚我戀戀真正全部放棄，閣出一个好笑步予我著「100 年教育部推展本土語言傑出貢獻個人」的大獎，算是本土語言年度的『奧斯卡』（Oscar）女主角。算算咧我拄好投入臺語工課十冬矣。十年練一步。

2 月 21 世界母語日彼暗去西門町的紅樓領獎，我的頭毛絲已經因為第一劑的化療藥仔注落，用手扸就落規簇。笑詼甲，我愛媠一世人，上光彩的時陣煞無染頭鬃，毋敢抹粉點紅，規个面攏是無奈佮驚惶。毋過我知影神編這齣的意思矣。我著獎的感言是：「性命毋管長短，我對臺語的愛攏堅持到底。」著這个獎，確實是一个超級大的大圓箍仔。未來的責任閣較重矣。全款是佇政大後山，面對指南宮的天公廟，我合手共神

講：「著這个獎若是欲叫我做較濟臺語工課，就
拜託一定愛保庇予我好好仔活落去！」

　　著癌看起來若像人生予人拍一支大叉仔，毋
過我全彼冬有幾若个大圓箍仔，連做一線，我算
贏矣！毋管拍叉仔、待箍仔，人生攏是家己戰家
己，輸贏嘛是家己來定義！因為意志，因為堅持，
因為轉念行佇光裡，無好的代誌無一定無好，綴
神的安排就著矣、就贏矣！我共家己扡一个讚！
100 年我予家己 100 分！

𝄞 語詞註解

1. 揤：tshih，按。
2. 徛：khiā，直立放置，畫。
3. 還：huān，各自歸屬。
4. 抾捔：khioh-kak，沒有用。
5. 煞：suah，結束、停止。
6. 安搭：an-tah，安頓、安撫。
7. 踅：sèh，繞行。
8. 上崎：tsiūnn-kiā，上坡。.
9. 挃：tih，要。
10. 滾水：kún-tsuí，開水。

44
Huè

閤發閤出發

我的大願誠簡單，
就是共天公伯仔予我的語文才情用來利益眾生。

「臺北101」是蓋[1]出名的建築,對阮兜窗仔口看出去就有。我請病假這冬半,逐工早起都坐佇飯廳,那看101那食早頓,愈看愈有感情。伊若是一枝筆,天就是伊的草稿紙;伊若是一个舞者,優雅的雲、閃爍的日頭光、闊朗的天就是伊的舞台;伊若是一門火箭,天就是伊迎向宇宙的開始。有福氣的人才看會著伊千變萬化的風采。我101年這冬上愛看101,規个臺北的天定賭伊孤單仔媌,不時爍咧爍咧若咧共我瞄[2]目尾,欲共我這个帶身命的人弄[3]予歡喜。101到底是孤單?是媌?是趣味?在我逐工予伊無全的定義。我的心情嘛綴伊的形影變來變去,佇靜養無伴的日子,伊予我元氣去感受生活的沓沓滴滴。

我無想欲予家己看起來若病人,我就逐工逼家己出門,散步嘛好,去政大冊局抑是圖書館看冊嘛好,就是愛出去。輔導團安訓校長嘛鼓勵我出來佮好朋友開講,心情會較好,所以我100年6月共六擺化療做煞,佇11月就戴假頭鬃[4]轉去開會閣鬥做教材。彼工是國曆大字的2011.11.11,數字排甲媌媌的日子,毋是我刁工揀[5]的,是天意。相連紲六字1若規排的101大樓佇青天白日微風吹過的雲頂,笑看人生,嘛若宣佈我的重生是「六六大順一粒一」。

　　我有當時仔誠袂愛家己負責任的個性，毋過
儑改。100 年 1 月初，我開始請病假。遐傷心遐
驚惶的日子，我閣先忍咧，共指導員的工課做了，
共歇寒辦研習的課表排好勢，其他的工課閣收尾
一下，才規个放下無管世事。我嘛準備啥物攏無
愛矣！

　　可能是我 11 月轉去開會猶會笑咧，有人笑
講我比進前較瘦較媠，安訓校長看著嘛講伊較安
心矣。101 年年初，有一工下晡我當咧寫日記，
校長敲電話來，拜託我替教育局組新北市語文家
族的閩南語字音字形小組，伊講因為新北市的團
體冠軍連霸去予別縣市搶去，檢討講應該是無共
音字編入去集訓的關係。98 年、99 年我有參與
指導的彼兩冬成績足好，100 年我博士班無閒，
無鬥跤手，聽講才一个高中生著名爾。毋是我勢
，是我敢若自細漢就有彼款致蔭別人的命格。這
是足濟老歲仔人定共我呵咾的。簡單來講，就是
團體的福星啦！在我看來，有福氣是因為我會替
人想，足勢共人鼓勵，家己閣袂占功勞，佇我的
團隊內底，拍拚的人攏會當得著屬於個家己的光
榮，閣我個性認真，邊仔的人嘛歹勢貧惰！所以
輔導團安訓校長足愛交代我做代誌，我嘛無予伊
煩惱過。佇我請假進前，伊交代我揣三个人去做

新住民科有八種語言通譯的多元文化繪本，阮嘛無予伊落氣[6]。

我佇電話中笑笑仔共講：「我啥物攏毋追求矣。莫啦！莫啦！叫別人啦！我是病人呢！」伊講：「你是新北市第一塊金牌，予我拜託啦！干焦你有法度。」我毋捌挨推伊派的任務，這擺是時機無拄好，我真正欲放棄一切矣。我一直共會失禮。伊一直共我姑情。伊閣毋死心，隔轉工閣敲電話來講，閣保證講伊會當按怎閣按怎佝[7]我。其實我若答應，無人佝嘛是會做甲好。我只是驚家己的身體袂堪得。落尾伊用彼步我上擋袂牢的「臺語使命感」說服我。我就成立「五人小組」，我是組仔頭，閣揣文樹、棟山、明珊、震南，共盧廣誠老師的《台語詞典》發展做題庫光碟，過兩冬阮閣揣俊陽，變做六人小組，阮陸陸續續發展 101 年到 104 年逐冬一塊的成果光碟，分享佇輔導團的網站。足濟臺語界的朋友定定呵咾阮小組的用心佮拍拚。101 年的全國語文競賽，阮這組有六个著前六名，名次閣攏誠頭前。新北市閣共團體冠軍提倒轉來矣。彼年阮共新北市閩南語音字訓練制度化，算是誠歡喜、誠有意義的代誌。請病假閣為臺語咧拚，我真正提心吊膽！我嘛頓悟，我 97 年著音字的金牌就是為著這工！

101 年 5 月我著銷假轉去學校上班。我誠感謝陳瑛姍校長,交代教務處共我的課排第二專長輔導活動,伊驚我傷忝。佇這進前,伊專工[8]敲電話來厝裡,邀請我做補校主任,講欲先叫人代理半冬。我電話聽甲目屎流目屎滴。真心感恩伊對我的疼痛,毋過我驚共人鬧麻煩,閣驚家己袂放心提早銷假身體袂堪得。我猶是無答應伊,毋過伊的恩情我到今攏記佇心肝頭。上班的第一工,我先去校長室揣伊報到,伊閣專工送我起去三樓的辦公室,這款幼路的疼痛,我定著會記一世人。這馬無機會為伊效勞,毋過會真心祈禱,祝福伊毋管佇佗位,萬事攏順利。

彼个歇熱過,伊就高升去高中做校長,我想講以後講話的機會罕[9]矣,我走去校長室共說多謝,多謝伊舊年 221 母語日,佇紅樓遐上台送我花,恭喜我著獎,多謝伊佇五峰這幾冬來攏支持我讀博士抑是為新北市輔導團服務。我揣伊上主要的目的是想欲共講我早就無閣為 95 年臨時無做主任的代誌傷心矣,顛倒是想欲共會失禮,因為這幾冬做指導員,看代誌佮做決定的角度較闊,捌較濟校長,閣較了解做校長的處境,嘛後悔當初干焦想欲顧尊嚴,無想著伊做新校長的艱苦。日子若會當重來,我會在伊安排,佮伊到底。

　　伊上捷共阮交代「愛有教育本質」，到今攏是我做臺語、做教學定定提醒家己的中心思考。彼冬我若用簡單的信任，接受伊的任何安排就好，我後來行政的路嘛可能袂行甲遮爾坎坎坷坷。時也運也命也，嘛家己解說講是天公伯仔擋毋予我做校長，定著有另外的安排。我是平凡人膽袂出來。我萬項代誌攏足認真做，到五十歲矣，我有拍拚過就無遺憾矣，我決定欲共做校長的夢藏起來矣。我可能無法度照顧閣較濟人，毋過我全款會用「教育本質」認真做英語老師、做臺語佮照顧身軀邊的學生囡仔。

　　歇熱過，陳校長真正離開五峰，我足毋甘。我閣轉去做指導員救臺語，看著教育的性命力嘛予我揣著完成博士論文的方向佮動力。人講帶身命的人愛下大願，我的大願誠簡單，就是共天公伯仔予我的語文才情用來利益眾生，永遠做臺語文佮教育，完成語言傳承的使命。

　　除了下大願，我嘛共心內一寡「未竟事業」完成。有愛、有感謝、有失禮攏愛緊講出來。我就開始去揣早前我想欲感恩的老師，揣久年無聯絡的好朋友，嘛對生活中接接[10]著的人閣較有愛。厝裡的人免講，另外像講我請病假這段時間，佮幾若个厝邊較捷開講，後來變做好朋友。散步

經過北政國中，因為阮兩个查某囝佇學校表現甲閣袂穤，嘛佮北政國中的高校長、蔡主任有開講，閣戴假頭鬃去講故事予學生仔聽呢。暗時散步佮政大李教授個翁仔某嘛足有話講。我嘛用較開闊的角度看世界，感覺人生愈來愈可愛。我知影神的恩典充滿我的心靈，上帝真正無放我一个人孤單。

化療雖然共我一寡好的細胞刣刣死，害我的頭毛落了了，指頭仔變咖啡色，指甲變彎曲，毋過只要我有活落去的意志，新的細胞會閣生出來，頭毛會閣發。冬半的病假，雖然斷、捨、離，毋過親像孤單閣婿的「臺北 101」，闊朗的天就是伊的舞台，毋管拄著好抑穤，人生攏有愛，四界攏精彩。我的頭毛一寸仔一寸閣發，我的人生嘛毋是永遠停落來，是用愛閣出發。

語詞註解

1. 蓋：kài，非常。
2. 瞬：nih，眨。
3. 弄：lāng，逗。
4. 假頭鬃：ké-thâu-tsang，假髮。
5. 揀：kíng，挑、選。
6. 落氣：làu-khuì，出糗、丟臉。
7. 佮：thīn，支持。
8. 專工：tsuan-kang，特地、專程。
9. 罕：hán，難得。
10. 接接：tsih-tsiap，接洽。

45
Huè

司機兼書童

我袂曉畫圖，
毋過我已經共感動畫入去我的靈魂內底。

「阿母，我想欲學寫大字[1]，上好會當掛[2]學山水畫。你敢[3]有捌的老師？」欲暗仔我下班入門，細漢查某囝用有自信的眼神佮無自信的口氣共我問。

「語文家族可能有，我來問看覓。按怎呢？」伊捌講欲讀美術班，敢是這？

阮阿母以前攏據在我，所以我嘛據在囡仔發展。大漢查某囝去讀北一女，我有向望細漢的嘛會當讀全間，姊妹仔才有話講。毋過細漢的看代誌的角度誠特別，像伊去參加童子軍，講欲學食苦的生活；去參加篆刻[4]社，講少人選會當享受刻字的平靜。所以伊欲行家己的路去考美術班，去走揣一條倚心意的路。其實，嘛有可能是伊有秤過輕重[5]，知影家己的數學佮自然變無路來[6]矣，提早確定人生的方向嘛好。伊的數學予阮翁煩惱甲，我有當時仔嘛會意志無夠堅定，予阮翁穢著，會綴咧唸幾句仔。我想起家己國中三年的時，數學是塗塗塗，我哪好勢怪阮查某囝？無人刁工欲考予穤、著低分啦！而且伊別款學習佮成果攏袂穤啊！佇學校美術比賽定定著等[7]，作品定予人貼佇公佈欄，閣鬥做校刊佮佈置的穡頭。人敢著愛十路才[8]？我靠文的嘛是活甲好勢好勢啊！

「美術班愛考這兩項。4月就欲考矣！」伊
用足有自信的眼神共我看。

「10月底矣呢！你是講真的抑是講假的？」
我進一步確認，嘛向望伊講是。

「真的。我數學穩，讀高中恁會閣較煩
惱……」伊歹勢閣無自信笑咧笑咧。

「決定矣乎？好，我緊來問。」我雞母顧雞
仔囝的細胞隨活起來矣。

我隔工隨去集訓的書法組揣鄭老師。阮佇
語文交流參訪的時，食飯坐全桌熟似的。我表
明來意，一下講才知影書法組的老師攏是美術底
的。有夠好運的，阮扰著貴人矣啦！個叫我後逝
共查某囝佮伊的作品攏載來當場講。眾位大師的
指導真正予阮大開眼界。我即時了解矣，我成立
音字小組就是為著這工？個有予阮上尾這五個月
欲按怎拍拚的意見，阮嘛變甲較有信心。了後阮
就逐禮拜駛欲三十公里去土城揣鄭老師學。扰好
個後生嘛欲考，個查某囝嘛欲考國中的美術班，
鄭老師無囡步共阮當做家己人，真正是阮的大恩
情人！考美術班的鋩角[9]我攏毋捌，毋過我是上
骨力閣上幸福的司機兼書童。查某囝知影阮咧共
椔，就拚勢學，老師嘛誠呵咾伊。欲考試進前閣
有兩禮拜的集訓，無囡步的老師、三个認真拍拚

的考生，彼款畫面有夠媠。我袂曉畫圖，毋過我已經共感動畫入去我的靈魂內底。

我的資格考、論文計畫佇這冬嘛攏過關矣，本底是愛足歡喜，毋過佮細漢查某囡如願考牢美術班比起來，我才共排第二爾爾。

語詞註解

1. 大字：tuā-jī，大楷、書法。
2. 掛：kuà，包含。
3. 敢：kám，提問問句。
4. 篆刻：thuàn-khik，刻字或刻印。
5. 輕重：khin-tāng，指事務的緩急、重要性或人的能耐。
6. 無路來：bô-lōo-lâi，沒有辦法。
7. 著等：tio̍h tíng，得到名次。
8. 十路才：si̍p-lōo-tsâi，多才多藝、十項全能。
9. 鋩角：mê-kak，關鍵、要領。

46

Huè

拄著對手

家己才是家己的對手。

我真心感謝予我艱苦的對手。

我好心轉來學校做主任做無成，連指導員的位嘛飛去矣，改做課足濟的專任老師。市政府的工課閣袂當喝斷就斷，我嘛有盡量以學校教學為準，兩爿[1] 共顧予好勢。毋過，佇 103 年年初煞拄著我這世人頭一擺感覺自尊予人佇塗跤躂的代誌。應該是學校指點家長去敲市民專線 1999 投[2] 我公假傷濟。彼班的英語本底就『M 型』兩極化，成績好的佮穤的，天差咧地。個的班親會長牽拖講，是我公假傷濟，才害十个學生無及格。就是刁工的。彼十个無及格的，逐項科目攏嘛無及格。哪會毋去看九十幾分的超過一半有十五个？根本都設局欲揬[3] 我的。咱無論學生成績好穤，攏共當做寶貝，學生嘛誠佮意我，我會當頓胸坎掛保證，我有教育良心佮責任。家長這擺毋但予人利用閣新婦教大家轉臍，敢袂管傷濟？管迵海[4] 矣？彼嘛好佳哉我有濟年的行政經驗，知影鋩角，予人袂謅[5] 得。原本是小可代誌，共家長解說一下就好，逐家閣繼續為囡仔拍拚。無疑悟學校可能扶恨我無接主任，等欲看好戲。若無，就是行政的智慧無夠，無法度解決問題，袂曉大事化小事，小事化無事。

教冊二十幾冬來，毋捌拄過這款侮辱，閣愛

寫報告，規个心情有夠穩，頭殼有夠疼，心有夠凝。學校無顧慮學生的人權，犯著教育的天條共學生排名次？閣共學生的成績公佈予家長去相比咧？我的公假是利用無課的假日去做語文競賽集訓，因為做閩南語音字的組長，開訓、結訓上好愛到較好，不得已嘛才請半工的代課。我家己嘛足自愛、足站節，攏先安排好勢，轉來有閣共囡仔複習，才閣紲落去教新的，作業嘛家己改，按呢閣袂使？有意見好好仔坐落來講就好，哪著去投官府衙門？後來聽講是學生囡仔較恰意我，無恰意代課老師，家長看著烏影就開銃，學校就借題發揮。我無烏白走，我攏是去做教育局的代誌。予學校報這款鳥鼠仔冤[6]，想著有夠厭氣，影響著我的心情，嘛對人性有淡薄仔失望。學生仔無辜，是遐的予人使弄的大人戇，人若拆破感情著愛用閣較濟的時間彌補。對手出第一招漚步盡展，我嘛智覺著未來佇學校的日子，無閣較細膩袂使。

請病假彼冬，我回想家己性命自細漢流轉的過程，知影家己的命格有考驗，毋過最後攏平安無代誌，閣會愈來愈好。因為我自信只要善良，就算拄著無好的代誌嘛無一定無好，有的後來證明我的好，有的予我增加智慧。103 年這冬我就

規氣覕起來靜心修養，佇學校較無愛佮人交插，
省閣無細膩予人拖落水，抑是予人搬話惹麻煩。
我準時上、下班，下晡五點下班就是我的時間，
我隨拚去師大圖書館寫博士論文，到十點圖書館
放音樂趕人為止，才駛車去頂溪站的美術教室接
細漢查某囝，閣幹過去臺灣大學接大漢查某囝。
啊若假日咧？學校管我袂著，我上慢九點就入去
師大圖書館，紮便利商店的兩粒飯丸佮幾塊糖仔
就會當度一工。出去食飯傷了時間，彼兩粒飯丸
我就佇大門口邊仔清彩囫囫[7]咧吞落去，食食咧
隨入去繼續拍拚。按呢集中精神咧拚。講實在話，
我定定求神明，千萬袂當予我的癌症復發，我閣
欲為臺灣這塊土地的教育、語言、文學做較濟代
誌，我閣有臺語夢。

　因為學校刁工欲釘我，我無想欲共無理解的
人解說。橫直[8]有影、無影，天公伯仔攏知影。
我嘛無想欲扶[9]人的大腿，我甘願吞忍「勇勇仔
馬縛佇將軍柱」的無奈。我干焦欲共氣力留咧寫
論文，其他的紛擾我攏無欲共看在眼內。

　102年求啥無啥，我若像咧欲無愛信天公矣。

　衰尾的代誌不只按呢，連我下大願欲為臺語
做志工嘛無應我。指導員的缺早就因為我欲轉來
學校無去矣，連做輔導員嘛愛看學校的面色。上

好笑的是隔年 103 年，刁難的漚步盡展，阮徒弟仔和我同齊提出申請，伊會當去參加輔導團，我這个師父煞袂當去？我教冊二十幾冬，個性溫馴，彼擺第一擺掠狂。我的個性會當吞忍當做無代誌，毋過人會欲觸我，猛虎難敵猴群，我愛緊旋較好。

104 年我去烏來做學務主任，煞拄著閣較欲無命的百年大風颱『蘇迪勒』這个天然的對手。阮愛綴校長重建校園，閣教室予塗石仔灌入來，崩一半去，會當用的空間足有限，逐項活動閣愛照辦，頭殼愛足會曉轉踅才會使。誠感恩我的組長足用心，阮合作甲誠讚。彼段時間，若拄著落雨，我就提心吊膽。心內的驚惶，是意志的考驗，是正港的對手。我全款是共學生囡仔顧甲安全，才敢下班。提心吊膽落山，足驚坎坎坷坷的山路閣斷去。

雨大拄著厝漏，無米兼閏月。厝裡我嘛有對手，阮翁變兩齣，招會仔予我綴。伊 7 月底轉去花蓮豐年祭，轉來『肝膿瘍』肝孵膿，踮個外月的病院，阮過類單親家庭的生活。我逐工學校無閒了閣愛去病院共探一下。照經驗來講，逐擺我愈無閒，阮翁會愈共我惹麻煩。第二齣嘛誠慘，伊大主大意共阮儉予囡仔讀冊用的基金一百萬解

約，偷偷仔寄轉去欲起厝，足無尊重我。失去金錢算細項的，失去翁某的信任較是慘。我閣較按怎無暝無日為這个家庭付出，攏比袂過伊猶剪袂斷的故鄉臍帶。我是算啥？我心足疼，足失望的。錢無去是小可代誌，我的愛情夢碎去可比水崩山，比大風颱搧著較疼。我路斷，揣無所在通行。

104 年我會當轉去參加輔導團，毋過 7 月初烏來的校長揣我去約束，才准我一個月出去一擺。食人飯犯人問，我輔導團配著的工課，就下班了才用網路做。彼冬較特別的是，我早就毋是指導員矣，毋過輔導團安訓校長信任我，吩咐我整理三个本土團的資料，做伙討論、練習閣去教育部報告，為新北市提著教育部的績優團隊。新北市足歡喜，我有參與著嘛足歡喜。悲慘的世界嘛是有光明；寒冷的冬天嘛是有花開。

我較愛想好的，我感覺內外的對手予我的拖磨，就若跤底的三枝刺，攏有神的旨意。用遮的細項的苦換 105 年提著博士學位這項大項的，按怎講嘛會和。口試過關的第一時刻，指導老師講：「恭喜，畢業了後愛有較懸層次的貢獻。」對 100 年著癌，五冬內對手予我的空喙大細裂，變甲無咧驚嘛無愛求啥，名利如雲。毋過老師佇彼時刻講這句話誠有力，我就一直共囥佇心內。

《十二年國教總綱》佇 103 年拄公佈，人共我講國家教育研究院欲設一个本土語言的助理研究員，算是助理教授額，叫我去考。這敢是較懸層次的貢獻？我家己想的。我一世人欲為臺語，敢講臺語的大願就是這？因為使命感，我答應去考，去行一條我攏毋捌想過的路。到上尾彼關賰兩个，結果無揀我，我有淡薄仔失去信心閣怪家己戀咧夯枷。因為佇新學年我驚考牢愛辭職，毋敢允人去做主任，結果兩片空。博士畢業嘛毋知欲去佗位發揮？

我的人生若像規个失去希望，我準備欲一世人做領薪水的老師，想袂到阮徒弟仔方老師佇欲開教評會的前一點鐘，問看我欲提出申請轉去輔導團無，我彼工足濟課，我嘛是試看覓爾，竟然予我提著 106 學年度轉去輔導團的同意書，過程若像一場夢。毋過無緣就是無緣，校長干焦聽校長的話，我早就予人白布染甲烏，新學校的校長煞叫我莫去，挑明講阮原學校的校長警告伊，講我的公假足濟。我跳入三條大江嘛洗袂清，明明我攏有共代誌做予好，哪會攏看統計公假的數字，閣毋看予清楚。我犧牲假日去做的敢袂使？千求萬求，我變做無減課的研究員。

我的對手到底是家己？抑是別人？我 100 冬

著癌是我家己傷拚勢，傷過追求完美，逐項代誌攏欲做甲家己滿意，是我散食囡仔毋認輸的自尊心，一直想欲跮上天，所以著癌袂當怪人。身體的傷害閣毋是上痛苦、上驚惶的代誌，正港的不安恰等待才是苦，尤其是命運決定佇別人的手裡，才是拖磨，才是無奈。毋過，相拄無分好穤攏是緣份，有成長攏是恩典，我盡量感恩，萬事多謝。

遮的對手，我攏感謝。對我有啥物想法，敢知影我的寶貴，攏已經無要緊，代誌嘛攏已經過去。我毋知影啥人著？啥人毋著？花袂清楚。每一个人的立場恰解說的角度無全。我無害人，順其自然就好。人活咧嘛袂當無為理想拍拚，無寶惜機會向前行。若有對不起對手的所在，佇遮會失禮，若佪對我有誤解、有侮辱的，我嘛全部原諒。我自細漢予儒家思想影響，攏咧過自我檢討恰成全群體的生活。100 年著癌了後，喙講欲善待家己，嘛改甲無夠澈底。這馬五十幾歲矣，我想欲過彼款簡單、自然、平常、自在的老子、莊子的無爭生活。就算對手認為我足瘖[10]嘛無要緊。家己才是家己的對手。你欲歡喜？欲快樂？對手嘛無你的法度。

♪ 語詞註解

1. 兩爿：nñg-pîng，兩邊。
2. 投：tâu，告狀。
3. 揲：tia̍p，修理。
4. 迵海：thàng-hái，無限量。
5. 諞：pián，拐騙。
6. 鳥鼠仔冤：niáu-tshí-á-uan，極小的冤仇。
7. 刜：hut，狼吞虎嚥。
8. 橫直：huînn/huâinn-tit，反正。
9. 扶：phôo，奉承、巴結。
10. 瘹：siān，厭煩。

47

Huè

拄仔好的紀錄

無人會當拄仔好一冬內伫鳥來國中小拄著大風颱，
拄著大風雪，閣同齊破五項紀錄！

　　我捌拄過一本博士論文的訪談，問我做本土語言上蓋歡喜的三項紀錄？若無記重耽 [1] 去，照時間順序我是講 97 年字音字形著全國第一名，代表家已有拍拚。98 年幫教育部閩南語常用詞辭典錄音，會當予人聽著我的臺語聲。閣第三件，我記甲花花仔，敢會是教育部文學創作三種文類做伙著名，抑是做指導員四界宣傳臺語的婧佮趣味。

　　時間咧過，工課咧做，人總是愛進步，愛一直破家已的紀錄。若 100 年的時問我，我會講是著「教育部推展本土語言傑出貢獻個人獎」，全國才三个呢！若 102 年的時問，就是寫教育部電子報『閱讀越懂閩客語』專欄，這項工課一直做到 106 年。拄開始會當佮三位先的陳憲國老師、邱文錫老師、藍春瑞主任做伙輪，實在歡喜甲尾脽強欲 [2] 翹起來，有彼款寫作高手的驕傲。也因為我是唯一的女性，所以邀稿人林佳怡小姐就希望我寫佮女性有關係的代誌。閣因為我較少年，三位老師的學問較飽，我的用詞無個遐深，顛倒人看較會落。其實我本底就佮意用簡單的文字，寫出有文學性的文章，這佮我一直想欲發展兒童青少年文學有關係，我認為文章有感情、有溫度，自然會當感動人。聽袂少讀者講我的文章讀起來

若咧聽故事較無壓力,誠適合初學臺語的人,嘛
誠適合閩南語認證 B 卷的考生。若 104 年問我,
我可能會講通過閩南語語言認證考試的專業級。
因為我有四張高級,第五張才拚出專業級,閣是
拄仔好頭殼皮仔削過的三百分。本底看著三百是
淡薄仔失望佮歹勢,叫是家己狗屎運,毋過想想
咧有過就好,以後有做臺語工課較要緊。後來才
知影 104 年彼冬全臺灣才三个,煞變做是趣味佮
驕傲的感覺。閣因為過關矣、畢業矣、毋免閣為
認證操煩矣,會當專心來鬥做認證的工課,減一
个負擔足輕鬆呢!

我奮鬥食苦無放棄的一生真正是活教材,
嘛是上帝欲點我去講故事鼓勵別人。這就是我這
个無名小卒提出勇氣寫自傳的原因,有緣的人就
看會出我的誠心誠意,無緣的人若欲謷相我無聊
嘛無要緊。五十歲追求自在,做家己上重要。佇
足濟認證研習的場,我會分享我的認證哀歌予人
聽,真正有鼓勵的作用。佇遮就規氣³ 一擺講予
煞,予猶咧為認證拍拚的人一寡鼓勵佮支持。

我第一擺考是 99 年認證元年,有倒扣分的
機關,我高級,差無幾分就專業級。這世人毋捌
咧複查成績,毋過就是想欲掠看有反盤的希望
無,當然嘛是無法度。我叫是我一擺就會過關,

逐條都共寫，可能倒扣了了。毋過，烏暗內底嘛有值得驕傲的光點，就是我書寫漢字佮拼音滿分八十分，聽講嘛無幾个，佳哉我對會起全國語文競賽閩南語字音字形的金牌。99 年專業級有 127 个。100 年我破病無去考，彼年無考書寫較簡單，有 68 个專業級，了後有人講出遐濟專業級的人，有的嘛無影專業，就開始懷疑認證的信度，教育部就佇隔年調整。我無去考是因為全彼年 1 月 11 開刀，我的世界賰化療、散步、寫日記，拄開始是連臺語嘛欲放棄，後來才想講我活落來就是神欲留我做臺語。我有影無偏財運，好空的 [4] 攏輪袂著，我若欲成功攏是愛認真一步一跤印。按呢嘛好啦！工夫才練會在 [5]，有拍拚種作嘛較會珍惜收成，性命會較深刻，欲講故事予人聽嘛較濟料 [6]。

第二擺去考是 101 年，好船拄著歹港路 [7]，這冬開始分 A、B、C 卷，逐卷的難度差足濟。欲拚專業級愛考 C，人笑講欲過 C1 高級愛「死一擺」，欲過 C2 專業級愛「死兩擺」，我就是毋驚死的。閣毋知佗一个先輩，共標準訂甲遐懸，欲過 C2 專業級著愛 340 分，題目的誘答閣刁工設足濟，根本都咧考記持佮揀『名偵探柯南』。逐家考甲忝甲心內罵甲。我考 325 分，若照隔冬

的標準 300 分，我早就算專業級矣。100 年好空的無，101 年歹空的有！這是毋是足有悲劇英雄的故事性？101 年收著成績單的時，當咧無閒成立音字小組，清彩共成績單夾佇某乜所在，幾冬後才發現著。一看著分數，算是有淡薄仔證明家己的實力嘛暗暗仔歡喜。是毋是有喜劇的趣味性咧？悲喜相插[8]就是正港的人生！101 年全國才一个專業級，教育部家己嘛驚著。任何測驗拄開始攏會無穩定，閣較按怎嘛愛支持臺語。想著有足濟 99 年、100 年無分卷彼陣通過高級抑是專業級的人，考甲連高級都無去，我遐穩定佇高級，證明家己是有程度，只不過是記持退化爾！

　　我愛臺語，我嘛想欲緊入去鬥做認證的工課，毋過考試的機會一冬才一擺，考著專業級了後鬥相共的機會是久久長長，一世人若欲做臺語工課，彼張專業級就一世人用會著。我家己閣有怪癖，想講提著上懸級才袂予人叫細漢的，暫時的痛苦是為著永遠的快樂。有人好心建議我先去參加命題抑是閱卷，以後有機會才閣考，毋過我較戇直，想欲用實力過關，嘛驚人性是食好做輕可，若意志斷線會冷去。我決定欲考甲有專業級為止。無三不成禮，我感覺閣考一擺一定會過。

　　第三擺去考是 102 年，我工課無閒閣有博

士班的功課，毋過有撥工讀認證的冊，結果嘛是高級，閣挨一刀。喔！足想欲跳阮故鄉的高雄港，我對不起故鄉啊！閣較厭氣的是我有咧寫臺語文章，比賽、投稿、專欄攏有咧寫，哪會書寫的分數低甲驚死人？都差無幾分，書寫共我改甲按呢，害我傷心甲。逐冬分數懸低的所在掠袂準閣無公佈標準答案，連家己按怎死的都毋知，我有閣較按怎拍拚嘛枉然的感覺。這冬有 12 个專業級。一揜人哪會無我？考三冬嘛開始感覺見笑矣，有人苦勸我莫閣考矣，講高級以這馬的分卷就足勢矣。我聽咧聽咧，毋過報名的時間一下到，心肝就開始攏攏囉。我彼陣已經體會「做家己」的智慧，所以我準備欲長期奮戰。

　　第四擺去考是 103 年，接著成績單，我哀一聲，苦笑兩聲，就開始唱歌。「三分天註定，七分靠拍拚，愛拚才會贏」。足凝的呢，才差三分，加送我一條毋知偌好咧。我暗暗仔佇心內祈禱，我欲繼續拍拚，祈求加拚七分就好。捷拍袂驚，面皮有練較厚矣，我開始佮人拉嘻滾耍笑講：「秀容若儉十張高級，敢會使換一張專業級？」嘛決定欲看家己這齣笑詼劇[9]當時會當完結篇？103 年有 17 个專業級，規大陣人呢！看有食無干焦癮[10]。哪會閣無我的份？見笑的味真正有夠重。

　　第五擺考是 104 年，我佇烏來做學務主任咧
拚『蘇迪勒』風颱救災，彼冬考試因為風颱延一
禮拜，我閣較忝閣較無閒嘛是欲去考。10 月中公
佈成績，彼工中晝我拄對演講組予人訓練煞，轉
來音字組食晝。會去演講全國賽集訓是因為我彼
冬為著欲共烏來著區賽的分數，重出江湖，比啊
比就比甲著新北市南區演講第一名，愛代表新北
市參加全國賽。無閒甲袂記得彼工欲公佈成績，
看人咧講，我嘛緊用手機仔查，先看著「專業級」
三字足歡喜的，閣瞭著邊仔的分數 300，煞起見
笑。毋過橫直會當畢業就好，管伊是上尾名削頭
殼皮過關。彼是淡薄仔哀怨的畢業，所以彼頓中
晝頓的飯菜有加歡喜佮歹勢兩味。過兩工，知影
全國才三个，天隨出日、隨光起來！勢喔！我是
第三名！聽講前兩名嘛加無幾分。哇！人生變彩
色的。後來我會誠自信佮人滾耍笑講我是「滿分」
過關：滿 300 分。有人問我講：「拄仔好 300 分
過關敢袂歹勢？」哈！論真來講是小可仔歹勢，
毋過，我攏應講：「袂啊！無，你去考看覓咧。」
彼个好朋友家己共我講 107 年伊有去考，才高
級，才知欲提著分卷的專業級有影無簡單。這冬
我共彼句「三分天註定」唱甲愈好笑閣愈大聲：
「三分來救命，毋免閣考矣啦，一切攏是命」。

三份「三」，後來有足濟人呵咾呢！專業級的感覺真正袂穗。有過就好，以後會當規心做臺語才是上歡喜的所在。後來通過專業級的人數逐冬攏無超過十个，105 年九个，106 年七个，107 年三个，遮的人一定是天公揀欲來為臺語拍拚的。後來我就歡歡喜喜去赴逐項認證工課。

全 104 這冬，烏來的總務杜主任共我號做「金牌主任」。我家己提著新北市的閩南語演講金牌，共烏來的名寫佇新北市的語文競賽歷史裡。我的語文經驗嘛助著烏來的寶貝提著泰雅族語朗讀國中組的第一面全國賽金牌，嘛是破紀錄。我領導的學務處佇風災碎糊糊、啥物攏困難的情形下，辦足濟有特色的活動，歌謠比賽著全國特優，籃球隊著全國第四名，品德教育著市賽優等獎，攏是破創校以來的紀錄。其實愛感恩認真的洪慶源校長的領導佮支持，我的組長逐个都足認真。人問我敢有啥物撇步？我只是予組長意見，足伨組長，隨時共個的業務替手，一直共個呵咾、共個支持、共個說多謝。閣我若像有一个命格，雖然我家己拄著的代誌，攏會有小可仔苦楚，像我頂懸講的認證、進前講的音字金牌佮足濟代誌，毋過我若像會當致蔭身軀邊的人、成就別人、提昇別人。頂懸烏來彼幾項獎，佮『蘇迪

勒』全款，破烏來百年的紀錄。

閣有一項代誌嘛是破百年紀錄，就是佇 105 年 1 月，我博論口試過當咧收尾，烏來落大雪，連阮兜貓空，上遠嘉義嘛咧落雪。錯過百年紀錄無去看雪實在誠無彩，毋過我有閣較重要的博士論文咧等我，佇電視看新聞就好。我心內想講三百年內可能嘛無人會當拄仔好一冬內佇烏來國中小拄著大風颱，拄著大風雪，閣同齊破五項紀錄！就像我專業級的分數全款，欲考甲遐爾仔拄好三百嘛是破紀錄呢！

♫
語
詞
註
解

1. 重耽：tîng-tânn，差錯。
2. 強欲：kiōng-beh，幾乎要。
3. 規氣：kui-khì，乾脆。
4. 好空的：hó-khang--ê，好事。
5. 在：tsāi，穩。
6. 料：liāu，材料、內容。
7. 港路：káng-lōo，航道。
8. 插：tshap，摻和均勻。
9. 笑詼劇：tshiò-khue-kiòk，爆笑劇。
10. 癮：giàn，極度迷戀想要。

48
Huè

斡和平東路

足歡喜最後的學歷是師大的博士。

　　104 學年度第一學期，我提[1] 著博士矣！對 98 年 8 月初一，攏總讀六冬半，上愛感謝我的指導教授李勤岸老師，其他規捔欲感謝的攏寫佇論文的誌謝內底矣。我會記得口試通過彼工，我對系館欲行去停車場駛車，雖然心內感覺提著畢業的門票矣，毋過規頭殼猶咧想講欲按怎照委員的意思去修改。我坐佇師大運動埕邊仔的觀眾台，看闊閬閬的運動埕，有輕鬆的感覺。複雜的心情足歹[2] 形容。想著博士班的教室，想著同學，想著差一點仔因為帶身命放棄，想著老師的恩情，我看對天頂[3] 去，除了感恩的情緒足清明，一時嘛毋知欲共家己講啥。彼時霎[4] 毛毛仔雨，我享受孤單佮平靜，佇遐坐欲點外[5] 鐘，天欲暗才走。

　　我叫是彼應該是上真確的畢業心情。想袂到等論文規个修改好勢定稿，提著老師佮系所的簽准，電子檔通過，冊本欲送去圖書館，規逝路一大輾，若共校園巡禮。對圖書館行出校門，幹和平東路欲去領畢業證書的時，我雄雄[6] 心情波動，目屎忍袂牢一直輾一直輾。這才是正港的畢業滋味。我行佇路裡那笑那搢目屎，想著上山落海做指導員、揣資料、盤山過嶺做田野調查……。有冬外的時間，下班了後，暗時無歇喘，假日無停睏，覕咧圖書館寫論文的日子，想著咧拚的時驚

家己的身體擋袂牢……。我哪會閣活咧？

感恩、感動的目屎流一下仔爾，因為足歡喜最後的學歷是師大的博士。和平東路車足濟，油煙足厚，毋過彼陣我歃著的空氣攏是清芳的。我笑笑行去行政大樓領畢業證書，簽名的時閣若咧做眠夢[7]咧。畢業的歡喜佮當初考牢加歡喜五分鐘，哪會開始有彼款離散母體的毋甘咧？博士上懸矣，我袂當閣做學生矣，停車一個月四百箍停免驚，以後停八點鐘就四百箍，袂當逐工來師大矣，我所愛的圖書館嘛袂當自由出入矣。彼逝鍍金的字「學生證失效」，宣告我連食麵嘛無拍折矣。一段感情的結束原來就是遮毋甘。人生本底就是一直咧盤車[8]、換站、換身份，閣較毋甘，總嘛著離開。

提著畢業證書，王博士行出行政大樓，坐佇面對師大大門口的校園裡，思考老師佇口試通過的時講的第一句話「畢業愛有懸層次的貢獻」，毋過頭殼煞走出三个我個人低層次的願望。我欲緊共畢業證書予阿母看，多謝伊飼一个博士。我想欲寫作，寫家己成長的故事佮少年文學，做臺語文學佮臺語教學的路用。我嘛愛盡做老母的責任，予阮細漢查某囝考牢伊心目中的大學，才有正港的輕鬆。

　　106 年 4 月放榜，伊師大佮北藝大攏考有
牢，我向望伊讀師大，伊講趁少年先予伊去純藝
術的學校，若有緣才轉來師大綴大師。我按怎共
拜託嘛無效。師大足歹考呢！王博士拄著囡仔嘛
袂博。

語詞註解

1. 提：thèh，獲得。
2. 歹：pháinn，不容易地。
3. 天頂：thinn-tíng，天空，或指上天、上蒼。
4. 霎：sap，飄。
5. 外：guā，數字之後表示「餘」或「多」。
6. 雄雄：hiông-hiông，突然。
7. 眠夢：bîn-bāng，做夢。
8. 盤車：puânn-tshia，轉車。

49
Huè

洗跤

我慢慢仔共用，
比我唰共阮查某囝洗跤閣較認真、閣較細膩。

博士班畢業，隔冬細漢查某囝考牢大學，我就較捷轉去高雄看阿母。106 年 11 月初十，我共阿母洗跤。頭一擺呢！自我出世，阿母共我洗幾百擺才換著這擺？

我扭來臺北教冊無偌久，去林口參加性命教育的研習，彼間學校分享個辦「囝仔共阿母洗跤」的經驗。我想講當時我才會當體會彼款「觀功念恩」的感覺？一來，逐擺轉去後頭厝攏是過年過節，欲刁工捀面桶[1]出來共阿母洗跤嘛怪怪，會共阿母驚著。二來，阿母這世人罕咧麻煩阮，洗跤算小可仔代誌，會當家己來就無欲予阮沐手[2]。三來，阮兜自古就無慣勢用司奶佮肌膚相親的方式來表達愛。就按呢這个「共阿母洗跤」的向望，就一直囥佇我的心肝底。

我佇國中教冊和囝仔做伙較袂老，這馬的人較有咧妝[3]，我一直感覺家己猶少年咧。人講「年驚中秋，人驚四九」，我是逐工戇戇仔過無咧驚。毋過日誌[4]一工拆一張，拆落來矣敢會當閣貼倒轉去？目一下瞬，我欲咱的歲[5]五十半老老矣，嘛有誠濟代誌逼甲我無認老嘛袂使，像講頭殼頂的白頭鬃、面皮的皺紋、佮三吋懸的懸踏鞋講再會。啊我都老矣，阿母閣愈老，加看一擺就是趁一擺。

277

　　阮兄弟姊妹的囡仔攏讀大學矣，表示阮對後一輩的責任圓滿矣，會當開始過家己的日子囉！其實是遐的少年囡仔足無閒，無人欲插阮遮的 oo-lí-sáng、oo-bá-sáng 矣！這款「鳥仔放出籠」的空岫[6]的無奈，拄好予阮自由，阮就約講上無三個月見一擺面，做伙轉去和阿母食飯。佮阮細漢全款，予阿母喝阮食飯，予伊佇飯桌仔頂點[7]看囡仔有齊到無，若攏到矣，才喝：「食飯矣喔，食予飽喔！」

　　逐擺聚會，除了食飯，阮閣會去踮二姊開的旅店做伙開講，就若像細漢倒佇總鋪曠床[8]，嘻舞嘻呰講甲睏去。細漢阿母會無歡喜喊[9]阮緊睏，驚阮隔工讀冊會無眠，毋過這馬伊攏用滿意的表情恬恬仔聽阮講，嘛會應咧應咧。

　　阿母老矣，目睭較輸看較無矣，筋骨較硬袂向腰，規个跤捹跤縫攏卡銑、卡油垢，看著足毋甘。我就拜託二姊去變一跤面桶出來。「我欲共阿母洗跤！」我慢慢仔共用[10]，比我咧共阮查某囝洗跤閣較認真、閣較細膩。彼陣我心內想的，攏是阿母這世人對阮的愛，我足想欲吼閣毋敢吼出來，就刁工用輕鬆的話，共阿母弄予歡喜、弄予笑，就像我咧弄阮囝全款。

　　二姊佇邊仔講，好佳哉細漢有共我抱轉來無

予人。有影，影響我一世人上重要的代誌，正是阿母去共我偷抱轉來，䫴佇便所䫴規工。等伊救団成功了後，彼暗伊欲消除我身軀的便所味，一定有共我的跤洗甲特別清氣。

語詞註解

1. 面桶：bīn-tháng，臉盆。
2. 沐手：bak-tshiú，插手。
3. 妝：tsng，用脂粉修飾容貌。
4. 日誌：jit-tsì，日曆。
5. 咱的歲：lán ê huè，虛歲。
6. 岫：siū，禽獸蟲鳥的巢穴。
7. 點：tiám，照順序查對。
8. 曠床：khòng-tshñg，通鋪。
9. 喊：hiàm，喊、叫。
10. 角：lut，用力搓揉。

50
Huè

我咧唱歌

我感恩行過的每一步，砧著的每一粒石頭仔，
看著的每一蕊花、每一片雲。

人生閣較按怎清楚，嘛無法度攏清楚。我按呢一冬一篇的記持，主要是博士讀了予家己的新任務，嘛是寫欲予家己做五十歲的生日禮物，閣較想欲為臺語文留音字。按呢真心的分享，猶有足濟想法、記持佮祕密無法度寫甲逐塊著，閣較驚無細膩會得失人。性命中對我好的人予我愛佮支持；對我穤的人予我成長佮意志。我攏感謝，攏是緣份爾爾。這項寫作的工程完成，準備欲來看著啥、想著啥、愛寫啥、就寫啥，會較自由自在，嘛較成一个五十捅歲的人順其自然的生活態度。

上尾篇應該愛用較歡喜的語氣來寫，毋過107年我滿五十歲這冬，實在大代誌嘛袂少，無記無彩。好佳哉攏大事化小事，小事化無事，共算做是歡喜代嘛會使。人生「苦瓜燖¹鱘魚」可憐啦，嘛有影苦的代誌一直連，會當度過生死的難關猶閣活命，就算足勢矣，攏值得唱歌來慶祝一下！

我106年8月到107年7月借去佇文山國中做教務主任，除了想欲服務，嘛是想欲加扶一个主任的資格，考校長會加分。我誠感謝阮教務處的人，攏樂觀、認真閣有情有義，阮共譜的教務之歌閣誠好聽，歌名叫做「勇敢向前行」。

我個人是感覺合作甲誠好,當然好穤袂當我家己講!拄開學 9 月,阮就破紀錄,提著文山區語文競賽團體精進獎第一名,10 月原住民語文競賽嘛培養兩个第一名去參加全國賽,12 月學生提著一塊金牌,我提著臺語演講第四名。膦的像英語歌唱比賽、科學展覽、教育會考攏有誠好的成績,是逐家拍拚的結果。閣有足濟大項細項的穡頭,像整理化學實驗室。佇文山一年,有苦嘛有甜,攏是寶貴的記持,嘛是人生的智慧,嘛攏是精彩的歌詩。

佇文山看著人佮人的風風雨雨,毋甘甲。莫去看遐的擾亂心情的,去看校園就足媠,會當看獅仔頭山的青翠,吹碧潭的涼風,佇五星級的圖書館看冊,閣有生目睭毋捌看過、足豐富閣足感動的校史室。我的辦公室有半間教室遐闊。逐工上班巡堂,攏感覺若佇公園迌迌[2]做運動咧,對透早無閒到暗時八九點,碧潭的風微微仔吹來,校園朦朧的燈火予浪漫加倍。我定定那行那唱歌,慶祝平安過一工,鼓勵家己感恩過日。

文山有一寡老師佮行政袂對同,無細膩[3]會承著銃子[4]。我頭一擺做教務主任,頇顢新婦拄著歹小姑,連我這个愛笑的、學輔導閣自古予人呵咾情緒控制足讚、一世人追求和諧的人嘛擋袂

牢。有一兩擺仔，不得已有佮無理取鬧的人較大聲。我知影「忍氣生財，激氣相刣[5]」，而且閣佇人的地盤，會忍當然嘛愛忍。毋過都五十歲矣，面對自私閣危害公眾利益的人，我選擇「意志堅定」講一下。

我無愛看人冤家，閣較無愛佮人冤家，驚會破壞氣質佮心性。閣佇 106 年的年底，阮阿母佇公園跋倒，蹛院閣療養期間袂輸蠟燭欲化去。佇新正初一，伊血糖傷低昏去，閣叫救護車，我深深感覺人生的價值是厝裡的人，我重新看待性命的意義，嘛慎重思考我逐袂著的校長夢。堅持唱遮爾濟冬矣，敢是早就唱甲走調去矣？我想欲做校長予阿母榮光，毋過做行政煞顛倒無時間轉去陪伊。阿母已經老矣，看一改就是趁一改。

敢是我叫袂醒？天公閣共我下重藥。2 月我跋破跤頭腕「髖骨」，若佇古早，我就一世人袂行拄拐去矣！好佳哉無去摔著後擴，無，就現烏有去。嘛感恩醫術高明的張醫師予我閣徛起來。佳哉大腿骨佮跤胴骨無斷去，若無，就像復健科的魏醫師講的，規組害了了就慘囉！我捌看一寡探討靈性的冊，內底講有的人叫是家己有共痛苦化解，其實無，等積甲袂積得的時，性命會家己揣出路通敨，神嘛會安排予痛苦的人暫時離開目

前的苦海,若音樂的『休止符』通予靈魂歇喘了後閣出發。我感覺天公疼惜我這隻戇牛繃傷絚,愛歇睏一下!

醫生交代我愛歇三個月,應該是較早人咧講的「傷筋斷骨一百工」,毋過我是借去做主任的,哪好意思共人歇遐久?假日算在內,我才歇四十工,就手攑柺仔、跤穿鐵架仔去上班。我意志堅強,佇學校跛來跛去無一日閒,全款是八九點才下班。因為自細漢我就決定人生閣較可憐,嘛無愛唱哀歌!

我實在有夠巴結!4月中有一个組長身體各樣,開始請長期病假,其他的組長無法度替手,外口閣揣無人,我做主任當然愛共擔起來。世間事袂按算得,5月阮校長的頭殼開刀,我著閣代理校長。校長銷假上班了後,足濟代誌嘛愛我代理。我認為伊開頭殼比我開跤頭趺較危險,誠同情伊。我跤猶閣跛咧跛咧,共喙齒根咬咧,愛閣較振作。無米兼閏月,厝漏拄著雨來,都一个組長請病假矣,歇熱閣有兩个欲去修學分,一个欲出國,五个攏走了了。我都欲離開這間學校矣,哪會最後的煙火上大噴[6],比7月的日頭較炎、較精彩?這改應該是交響曲,尾葩特別 tshīnn-tshānn,我嘛是認真共唱甲煞[7]。

　　我 7 月初二共備課的研習辦了，想講紲落定
著袂當請休假，上無用第一个禮拜趁有組長佇咧
先歇兩工，校長感覺無妥當，當然就順伊的意。
最後彼兩三禮拜，我一个人兼四組，全款對透早
無閒到暗時八九點，閣愛訓練學生囡仔閩南語的
三項語文競賽。都歇熱矣，哪會全款一工做十三
點鐘？最後一工本底是欲五點走，嘛是無閒到八
點，全款是全校上尾下班的。我真正是業命，遮
爾拚勢的嘛無幾个。到今我嘛毋知我佇遐做甲
好抑穩，毋過良心絕對會得過矣。我佇烏來拄著
『蘇迪勒』大風颱，感動逐家有犧牲、有愛。我
佇文山拄著行政佮老師的絞螺仔風，悲嘆逐家坐
仝船的，哪會毋予人歡喜，予人信心，予人方便，
予人快樂？我體會著人生的歌，本底就會唱無仝
聲。

　　一切攏是考驗佮學習。甲若答應上台唱歌，
無可能唱一半。我已經是做代誌先看意義、性命
著愛歡喜的五十歲人，毋是為前途、為地位逐項
愛忍耐的二十歲囡仔。冤家量債的生活毋是我欲
過的。人生短短，敢著遐艱苦？遐拖磨？1 月阿
母人艱苦昏倒，2 月我跋斷跤頭腕，3 月文山一
个溫馴的老師退休一禮拜臨時過身，4 月阮翁去
拍球手骨去跋裂去，5 月組長長期病假，6 月校

長頭殼開刀，7月我去共因為車禍意外過身的烏來同事拈香。半冬內身軀邊的每一个故事就若一幕一幕的電影，配樂是一葩一葩的覺悟，主題是共時間留予對咱好的歌迷。

我想起國中定定唱的民歌《偈》。『不再流浪了，……這土地我一方來，將八方離去』。我決定無欲閣流浪矣，我欲轉去家己的學校。誠趣味，我自97年開始流浪，老同事攏退休了了矣，十冬來出出入入，定定予新老師當做是新老師。我無愛閣唱流浪之歌矣。

五十歲對人生敢閣會當有期待？踅一大輾，我閣轉來做老師爾。我才發覺，其實天公伯仔一開始就攢上好、上適合的予我矣，是我無夠巧閣戇大呆，才會佇遐玲瑯踅、捙跋反。雖然我踅轉來徛佇原點，毋過我的心佮能力是有煉過的仙丹，十年學一項「順其自然」的武功。刁工去學唱歌，刁工激別人的聲，攏比袂過心內快樂隨喙哼出來無歌詞的遐好聽。

我認真負責的個性誠僫改，毋過心已經變甲較感恩，閣較歡喜，閣較平靜自在，因為代誌會成袂成，佮某乜人有緣無緣，攏是天註定。像講我提著博士，想欲有較懸層次的表現，國家教育研究院考無牢就是考無牢；我想欲考校長，拄著

少子女化閣年金改革，無開缺就是無開缺。年歲
一冬加一歲，青春喚不回，嘛是無法度抗議的。
我真正戀直拍拚到最後，108 年一陣人欲搶兩个
缺，明明知影名額少，我嘛是共報名閣讀甲誠拍
拚，我共當做是天公欲予我的最後的總答案。悲
劇英雄是真英雄，煞戲是無愧對、無遺憾佮無怨
感的覺悟，才有警醒的力量。人生無對著調，這
條歌唱甲無好聽，換一條可能會足好聽！

　　我考校長的夢看起來若像一場空，毋過斟酌
共想猶是啥物攏有，所有的拍拚攏是這條歌的伴
奏，所有的白色就若日頭光，換一个角度，噴一
屑仔小雨，就有七彩的虹，予你橋，予你路。以
後毋敢有大願望，毋過猶原逐工有小小的期待，
期待人食老婿婿閣健康，活愈久愈好，才會當為
臺語做較濟工課。

　　我願意為臺語拍拚，毋過臺語的世界嘛無一
定愛我出頭。會記得全五十歲這冬 4 月，我有去
民視電視台主持三集《臺語講世事》，是頭一擺
錄影閣是臨時代班，毋過算有過癮，做過電視台
主持人，閣進前有去教育廣播電台錄廣播劇，我
自高中就足想欲做電台佮電視台的工課，總算有
啖[8] 著矣。雖然我無電視台佮廣播台，毋過我做
老師有講台嘛是台，做啥我攏笑哈哈。

287

　　頂懸是我對事的體會佮認清事實，下底講的是我對人的思考佮疼惜家己。

　　四十三歲著癌進前，我是活佇二十歲的單純佮無死無命為家庭。牛牽到北京嘛是牛，規箍人攏責任感。一直到四十八歲阮翁無共我講一聲，偷領一百萬欲起庄跤的厝，閣喝欲離婚，閣共我捙目鏡，閣一句失禮都無，我才覺醒原來足濟代誌袂當家己單方面建構，愛情佮親情，啥物情攏全款。阮翁是故鄉為重的人，翁某的信任予伊破壞去是我這世人「幸福家庭」美夢的崩盤，毋過我尊重伊。我一世人追求和諧，凡事轉念，觀功念恩，日子全款愛過，阮攏是善良的人，猶原會暗頓欲食啥會問來問去，看醫生會載來載去，趕高鐵會接來接去，嘛做伙為兩个婿閣讚的查某囝拍拚。只是伊有權利唱家己的歌，我嘛會罔聽，毋過我欲開始做家己，大聲唱出心聲，欣賞家己的歌聲。

　　最近我閣重研究面相佮手相，我一世人袂枵死閣好運。有影，我對出世四個月無老爸到這馬五十歲，毋捌無飯食，嘛好運食公家頭路做老師閣讀到博士，兩个查某囝閣誠讚。我較無錢爾，我已經是人生勝利組矣。面相的冊頂懸閣講我會致蔭翁、致蔭囝、致蔭身軀邊的人，有當時仔我

會想講，好空的予身軀邊的人提去，我遮拍拚是欲代咧？做功德啦！毋過，都五十歲矣，敢袂使對家己較好淡薄仔？我無欲食山珍海味，無欲穿綾羅綢絲，我干焦想欲勇敢做家己，勇敢表現意志。我猶是主張和諧，毋過這馬佮某乜人無緣就袂勉強，有的人我對伊好煞毋知恩情，以後就清彩，我心肝內嘛袂有半點仔無彩。前世緣較深的像翁某、母仔囝、兄弟姊妹，我已經付出青春，五十歲以後盡量就好。對阿母閣較愛盡全力寶惜會當有孝伊的日子。愛情是對唱的情歌，我少年唱了誠好聽，唱甲傷拍拚，想袂到老矣煞梢聲，我來食一塊喉糖仔，恬恬仔歇一睏仔，阮勻勻仔唱，莫牛聲馬喉銅管仔聲，歌聲猶是會當聽。

　　五十歲真正愛有予任何人損破美夢、阻擋咱歡喜唱歌、攪亂拍拍的準備。同事算小可仔代誌會當莫講啦！予上親近的人凝著才是傷心。我以前攏先怪家己，這馬我知影袂當提別人的錯誤來凝家己。毋管按怎，最後我攏會選擇原諒，因為我無想欲踏入心內有怨恨彼款痛苦的深坑。我看過幾若本「晚年美學」的冊，內底講誠濟奉獻一生的查某人，到老會勇敢追求自由！該當翁親某親琴瑟和鳴的婚姻，愛轉念共當做是笑詼的舞台劇。兩人若唱無全調，笑笑仔嘛是愛繼續共故事

演予煞。若講生物上大的功能是生湠，我有傳好種，有善盡責任矣，我共兩个查某囝飼予為社會做功德，我嘛相信個會當練出做學問的真工夫、好技術佮克服難關的意志，會當服務眾生，為社會做功德。

以前我會足要意別人的想法，毋過這馬會看代誌佮互動來調整。我捌怨嘆我無校長地位才會這幾冬來勇勇仔馬縛佇將軍柱。毋過當當決定放下無欲閣考，心情就平靜矣。五十歲是有夢、無夢攏無要緊，求平安毋免添 ^{9} 福壽，一日平安一日福，心放予開才是正港愛家己、善待家己。咱人袂當毋插世事，毋過巧的會走揣快樂健康。身體的勇健，逐家攏知影，心理的健康閣較重要。我學著原諒家己無地位，無完成校長夢，我嘛體諒阻擋我發展的校長，諒解伊的思考角度佮承擔無全。工課上拄著的人真正攏是過客，共當做臨時招去唱卡啦 OK，散場就 bye-bye！

我的本職是做老師顧學生，是咧譜唱學生的性命之歌，這愛用良心、愛心，全心來唱。有得頂司疼無嘛無要緊，我干焦對上帝負責，學生有學著，有佮意老師、有佮意讀冊就好。啥物職位嘛無要緊，攏繼續認真做。「用我就盡心；無用我嘛寬心。」國家予咱的薪水已經比社會上一半

較加的人較好矣，愛感恩。若講著臺語文，我深
深感覺是天公予我的天命，若無人擋，我絕對會
盡全部的心力去做，若有人擋，就當做天公叫我
莫遐忝。我堅持善良、無私，所以我無半點仔驚
惶。心內有神就免驚，佇暗巷仔呼噓仔歕一條歌，
會當在膽！

　五十歲愛會曉忍受孤單，家己彈吉他，唱歌
予家己聽。若有知己擇場上好，若無，嘛莫烏白
交一寡阿里不達予家己操煩的人。這馬資訊遮方
便，國中、高中、大學的群組攏嘛組起來閣辦同
窗會矣。毋過逐家五十歲猶咧拚生活，有緣無緣，
有時間無時間，攏愛好好仔寶惜。想欲說多謝，
想欲會失禮的人，嘛愛緊去。有當時仔會揣無，
抑是揣著無去矣，攏毋免牽掛。感恩的歌嘛會當
共愛的形式轉換，唱予有緣的人聽。我相信愛的
歌聲是流轉的。我嘛誠佮意熟似新朋友，像我因
為臺語就熟似足濟有特色的勢人，欣賞個的優點
是誠快樂的代誌。人生來來去去，歌唱煞，場就
煞，無永遠唱袂煞的歌。

　愛家己是心內想欲講啥物就輕聲細說講出
喙，想欲對人好表示好意嘛順其自然莫細膩。因
為有愛別人的能力才有正港的福氣。就像阮兄哥
共我講：「有修行的人是為別人，考校長若是干

焦欲予阿母榮光，嘛干焦算是為家己，咱自細漢遮爾拍拚生活，有夠矣，其實阿母干焦愛囡仔健康快樂佇身軀邊。若想欲做教育功德，無一定愛做校長，只要是為眾人、為學生，全款是修行。」我做老師就是欲予學生仔變做快樂閣有路用的人，我做臺語就是欲為著臺語的嬌佮趣味。無地位嘛無要緊。

五十歲上重要的是陪阿母。頂改阮姊妹仔會，提阿母少年的相片出來看，以前細漢毋知，用這馬五十歲的眼光來看，阿母少年有夠嬌。感謝阿母予阮白肉底，予阮嬌閣有氣質。阿母少年看起來足堅強，伊二八歲就守寡，感謝伊無放揀阮。伊嘛無怨嘆，用伊的堅強佮彼雙掃街路的手，共阮飼大漢。感謝阿母的個性溫馴，無話無句，干焦用愛去做伊做會到的代誌，嘛恬恬仔支持阮一世人的大細項決定。我閣發覺阿母的好性，正是我五十歲愛學的：伊攏袂受氣。107 年阿母用伊性命力度過跋倒的難關，雖然無像以前遛扭掉，毋過閣生肉膨皮起來矣。會當陪阿母是我五十歲上大的願望，一定愛盡量予阿母歡喜，共阿母弄予笑微微。五十歲閣有阿母通叫、通司奶[10]，毋管是牽伊的手，共伊洗跤，攏是幸福快樂的大福氣。阮弄阿母落英語佮日語，伊的發

音誠婿呢！原來我的語文天份是阿母傳予我的。「阿母，愛流目油！三籠買你的麻糍！」當初若毋是你共我抱轉來，我的人生就無歌通唱！

五十歲愛珍惜每一工。我有寫一首詩〈一半〉有著教育部的文學獎，彼陣我四十歲，足自信講拄好是人生的一半，毋過這十冬來聽足濟性命無常的故事，拈香比食喜桌抑是食油飯的機會較濟，我實在毋敢講家己帶身命會當活到幾歲？當時會予天公收轉去？人生若考試，若準考一百分是一種圓滿、一種讚，若有認真生活，一冬著一分，我應該就五十分矣，過半著愛唱歌慶祝矣。

我用天公賜予我的文學心，賜予我的臺語筆，寫出我這个無名小卒五十年的故事，就若像流浪的歌星攑吉他咧自彈自唱，唱出人生的悲喜歌。我感恩行過的每一步，砧著的每一粒石頭，看著的每一蕊花、每一片雲。感恩滴佇目睭感動抑是悲傷的雨，吹佇面頂得意抑是失志的風，曝佇身軀溫暖抑是燒烙的日頭，一切攏是天公抑是上帝的旨意佮恩典。我用感恩的心寫自傳做生日禮物，我這馬欲唱「生日快樂」予家己聽，願在「生」的「日」子就萬項感恩，用「快樂」做人、做事、做臺語，逐工共當做上尾工，做歡喜的，想快樂的。咧活，咧唱歌。

♩ 語詞註解

1. 燖：tīm，燉煮。
2. 迌迌：tshit-thô，遊玩。
3. 細膩：sè-jī，小心謹慎。
4. 銃子：tshìng-tsí，子彈。
5. 相刣：sio-thâi，互相砍殺。
6. 噸：tòng，計算重量的單位。
7. 煞：suah，結束、完成。
8. 啖：tam，嚐味道。
9. 添：thiam，增加。
10. 司奶：sai-nai，撒嬌。

國家圖書館出版品預行編目 (CIP) 資料

我咧唱歌 = Guá leh tshiùnn-kua / 王秀容著 . --
初版 . -- 臺北市：前衛，2020.08
　　面；　公分

ISBN 978-957-801-916-4（平裝）

863.55　　　　　　　　　　109008872

我咧唱歌

Guá leh tshiùnn-kua

作　　者　王秀容
繪　　者　林芸瑄
有聲朗讀　王秀容
責任編輯　鄭清鴻
美術編輯　李偉涵
背景音樂　Windswept by Kevin MacLeod
　　　　　Link: https://incompetech.filmmusic.io/song/4629-windswept
　　　　　License: http://creativecommons.org/licenses/by/4.0/

出 版 者　前衛出版社
　　　　　地址：104056 台北市中山區農安街 153 號 4 樓之 3
　　　　　電話：02-25865708 ｜傳眞：02-25863758
　　　　　郵撥帳號：05625551
　　　　　業務信箱：a4791@ms15.hinet.net
　　　　　投稿信箱：avanguardbook@gmail.com
　　　　　官方網站：http://www.avanguard.com.tw
出版總監　林文欽
法律顧問　陽光百合律師事務所
總 經 銷　紅螞蟻圖書有限公司
　　　　　地址：114066 台北市內湖區舊宗路二段 121 巷 19 號
　　　　　電話：02-27953656 ｜傳眞：02-27954100
出版日期　2020 年 8 月初版一刷｜ 2024 年 3 月初版七刷
定　　價　新台幣 400 元

© Avanguard Publishing House 2020

Printed in Taiwan　ISBN 978-957-801-916-4